萧云从诗歌笺注

萧云从 著

唐俊 笺注

安徽师范大学出版社

ANHUI NORMAL UNIVERSITY PRESS

图书在版编目(CIP)数据

萧云从诗歌笺注 / 萧云从著;唐俊笺注. — 芜湖:安徽师范大学出版社,2019.9
ISBN 978-7-5676-3784-9

Ⅰ.①萧… Ⅱ.①萧… ②唐… Ⅲ.①萧云从(1596-1673)-诗歌研究 Ⅳ.①I207.227.48

中国版本图书馆CIP数据核字(2018)第215338号

萧云从诗歌笺注
XIAO YUNCONG SHIGE JIANZHU

萧云从◎著　　唐　俊◎笺注

责任编辑:刘　佳
装帧设计:丁奕奕
封扉题字:柳拂桥
出版发行:安徽师范大学出版社
　　　　　芜湖市九华南路189号安徽师范大学花津校区　　邮政编码:241002
网　　址:http://www.ahnupress.com
发 行 部:0553-3883578　5910327　5910310(传真)
印　　刷:江苏凤凰数码印务有限公司
版　　次:2019年9月第1版
印　　次:2019年9月第1次印刷
开　　本:700 mm×1000 mm　1/16
印　　张:16.5
字　　数:274千字
书　　号:ISBN 978-7-5676-3784-9
定　　价:58.00元

如发现印装质量问题,影响阅读,请与发行部联系调换。

自　序

　　五十岁以后，我的业余文化生活重点开始转向芜湖本土文化的研究。说来惭愧，这才发现本乡先贤萧云从。所谓"发现"，是指早先也听说过萧云从是个大画家，而且也知道他对芜湖铁画创制的贡献，但是在阅读了有关萧云从的几本专著和数十篇论文以后，才知道自己对萧云从的认识非常欠缺，也非常肤浅；当然，也从此知道萧云从堪称大师级文化人物，远不只是一位成就卓著的画家。

　　孔子说，五十而知天命。所谓天命，词典上说是："上天之意旨；由天主宰的命运。"《书·盘庚上》曰："先王有服，恪谨天命。"虽然不知道孔夫子说的"天命"的具体内涵，但是在发现萧云从是大师级文化人物以后，我就把学习、研究和宣传萧云从作为我五十岁以后应该恪守的"天命"了。

　　2016 年适逢萧云从诞辰 420 年，我在撰写了几篇萧云从研究的文章以后，开始着手编写《萧云从诗歌笺注》。为什么有些不自量力地编写这本书？大体上有这么几个原因。

　　第一，萧云从诗歌具有非常高的思想价值和艺术品位。此点不需要我饶舌，萧云从斯人已逝近三百五十年，他的作品已流传至今，相信亦将继续流传于后世。因此，这件事值得去做。

第二，古人说："诗言志。"但是诗歌不是议论文，不适宜直白。诗歌语言形象含蓄的客观要求和萧云从作为创作主体自身的深厚学养，再加上明清时代骇人听闻的文字狱背景，使得他的诗歌充满典故，微言大义。这样对普通读者来说，也造成一定的阅读困难。因此，这件事需要有人去做。

第三，目前萧云从诗歌的主要读本是沙鸥的《萧云从诗文辑注》（以下简称《辑注》），但是这本书一则因为用力于"辑"而非"注"，二则因为诸种主客观原因，导致错讹较多（详见本书附录《〈萧云从诗文辑注〉校读札记》）。为避免以讹传讹（若干研究萧云从诗歌的文章由于未核查引文或不理解典故导致错讹频生），所以，这件事必须有人去做。

第四，本人虽然读书不多，但是因为个人爱好的缘故，几十年来手录记大量古今诗词，业余研究文字训诂亦逾二十年，因此，笺注萧云从诗歌这件事在需要有人去做而暂时没有人做的时候，我可以尝试去做。

顺便说一句，正是因为对自己学力不逮、学养不足、精力不够、条件不敷（比如现收藏于中外博物馆中的萧云从真迹就没有机会看到）有充分的自知之明，所以一开始就放弃了对萧云从文章的校订和笺注。

即使放弃了对萧云从文章的校订和笺注，这本诗歌笺注面临的困难也不少。正如沙鸥在《辑注·前言》中所说，"辑注者只能借助二十倍放大镜在尺寸微小画作照片上进行辑录，湮灭不清的字迹只能依靠书法经验及规律来分析研究"，因此《辑注》文字错讹客观上是难免的。另外，萧云从作品中的异体字、生僻字也很多，令一般读者望而生畏。的确，萧云从本人是书法家，也是在文字学上颇有造诣的学者，所以出现这些情况在他来说是正常的。比如，萧云从《洗砚图》题跋中有个"曰"字，许多人把它当成"回"字。《汉语大字典》引《干禄字书·平声》云："曰，'因'的俗字。"可见，"曰"其实是"因"的异体字。

由于上述原因，使得笔者在以《辑注》为底本笺注时花了大量时间于文字考订，包括受沙鸥启发，也借助放大镜在萧云从画作的印刷图片上核查原文。因此，虽然本人尽了很大的努力，这本笺注仍然存在注而未明、诠而不当之处，但聊以自慰的是，与《辑注》相比，阅读障碍一定是大大降低了，文字错讹也一定是明显减少了。

如前所述，这部《萧云从诗歌笺注》，动笔是前年，也就是恰逢萧云从诞辰420年的事了。但是很快进入紧张的高三学年，所以进展不快。去年六月初，高考一结束，就加快了进度。八月中旬，初稿即已完成。因为所在学校合作办学的工作原因，月底我被单位派到新建的附属某中学工作。临行收拾行囊，我把书稿打印出来带上。

离开相对繁华喧嚣的城市，来到据说目前还是国家级贫困县下面的一个偏远乡镇，自然清净许多；时光仿佛也被拉长，过上了"从前的慢日子"。在某种意义上，这于我倒是一件幸事。因为业余时间几乎没有应酬，晚上可以安安静静地修改这部笺注了。

今年元月，天气大寒，又下了据说是小镇历史上不多见的几场雪。估计是基础设施跟不上，再加上气候恶劣，电线被大风刮断或被冰雪压断，所以断断续续停水停电。这段日子里，如果哪天没有停电，晚上能拥有一盏发出亮光的台灯，一台正常工作的电脑，于我真是一种幸福。

在笺注萧云从诗歌的过程中，益发仰慕这位伟大的艺术家。其他类别的画家就不说了，单说如今专门画中国画的"国画家"，有些人书法就不过关；在画上题首诗吧，基本上不是唐诗宋词就是其他古人成句。不是说唐诗宋词不好，而是说作为一个国画家，需要提高文化修养。当然，其他从事文化或教育工作的人也应该这样，比如在下。

萧云从则既是杰出的画家，也是对传统文化深有研究、学养深厚的学者。萧云从在文学方面，诗歌、古文俱佳；在书画方面，除了精研画理、画技高超，书法、篆刻、音乐也有很高的造诣；在其他学问方面，不仅博通儒道释，还对文字学、音韵学、易学等有深入研究。萧云从一生勤勉好学，博学多才，除创作了大量传世的书画、诗文作品，还著书立说，其文化著述《易存》《韵通》被四库全书收录，这是非常了不起的。

所以，实话实说，为萧云从诗歌作笺注的过程，于我也是学习传统文化、提高自身素养的过程，何况其中还不时有发现的乐趣。在内心，我对这位四百年前芜湖古城萧家巷中的老邻居除了仰慕，还有一份感激之情。过去把彼此慕名而未谋面的交谊称作"神交"，萧云从并不知道四百年后的我，这种"神交"自然不存在；但是古人亦谓通过神灵而相交为"神交"，如班固《答宾戏》："殷说梦发于傅岩，周望兆动于渭滨。齐宁激声于康衢，汉良受书于邳垠，皆俟命而神交。"如果不考虑时代之区隔，而把精神上相通也称为"神交"，那么我与尺木先生的这种"神交"或许有之。几年前还没有接触萧云从诗歌的时候，我曾经写过一首打油诗：

> 半信儒家半道家，修行未必著袈裟。
> 酒酣偶梦庄周蝶，吞象岂为巴蜀蛇。
> 帝子高台云覆雨，孙卿稷下蓬生麻。
> 暮年心愿归南亩，一架酴醾自煮茶。

人的内心世界是丰富的，古代文人在思想上也很少有专宗儒道释三家之一家的。所以首联我说："半信儒家半道家，修行未必著袈裟。"这与《归寓一元图》中《自像赞》所说的"浪迹无名始自娱，非仙非佛亦非儒"似乎颇有相通的地方。或许冥冥之中真有让不同时代的人"俟命而神交"的神灵吧。

时光荏苒，转眼冬去春来。早春二月，合作办学的这所学校的老校区里大片菜地上的油菜花、蚕豆花、萝卜花先后竞相开放。有的花开得热情奔放，有的花开得妩媚羞涩。饭后散步，常去菜地走走，赏赏菜花小草，也还别有情趣。

愚人节这天，在田塍边意外发现一只葫芦躺在泥水里，大概被人遗忘多时，已经水锈斑斑，一副沧桑模样。心念一动，携之回"家"，擦洗干净，供于案头。读书眼睛发涩、写作思路堵塞时就看看。一边看一边大脑里胡思乱想，这什么东西也没有装的葫芦只是葫芦，装了东西的葫芦就叫药葫芦、酒葫芦甚至宝葫芦了。那么"人"和"人物"又有什么不同呢？"物"者，"东西"也，没有"东西"的人只是"人"，有"东西"的人自然就是"人物"了。问题是：什么是"东西"？如果金钱、权力，豪宅、名车等才是"东西"的话，那么，呵呵……想到这里，"灵光乍现"，当即把自己的临时寓所，命名为"葫芦居"。

今日独坐葫芦居，忽然想起《庄子》里大葫芦被惠施讥笑为无用的东西，庄子却不这么看的事来。庄子对惠施说："今子有五石之瓠，何不虑以为大樽而浮乎江湖，而忧其瓠落无所容，则夫子犹有蓬之心也夫!"在这个世界上，对有用与无用，有为与无为，有东西与没东西，太有为与不作为，顺其自然与任其自然等问题还没有弄得太明白的人，恐怕不止唐某一个吧。于是乎唐某叹明理之迟钝，悲葫芦之遭弃，以《葫芦吟》为题，再打油一首：

> 遗弃田塍险化沤，未随庄子作浮游。
> 瓠如弥勒能容物，瓢饮颜回即忘忧。
> 市井谐音求福禄，英雄快意复恩仇。
> 匏瓜莫笑终无用，沽酒还悬铁拐头。

庄子与惠施的对话见于那篇著名的《逍遥游》。记得去年三月，带学生复习先秦诸子散文，还一时高兴，在黑板上写下此前不久读《逍遥游》有感而作的一首打油诗和弟子们交流：

> 懒从蛄蟪问春秋，且拜南华觅自由。
> 富贵苟能甘驭马，逍遥莫过倒骑牛。
> 几人临水知鱼乐，何日御风随鹤游。
> 纵令身为涸辙鲋，斗升救我谢文侯。

读萧云从诗歌，感觉有许多作品在精神上和《庄子》是相通的，故抄录这首打油诗于此，算是和萧云从诗歌的爱好者们也做一次交流。

这本笺注，主要分两个部分。一是"题解"，主要介绍作品出处、写作时间、所涉及人事等，对作意亦作简要解说。二是"注释"，主要是诠释词语、典故，对作者运用典故的用意一般不作解说。因为一则"诗无达诂"，二则读者自己去品味，更有发现的乐趣。

与《辑注》不同的是，本书把萧云从所有的诗歌按照古体、近体进行分类编排，且以时间为序，不知道写作时间的则排后面（七律因为主要来自黄钺的《萧汤二老遗诗合编》，所以保持原顺序，只把有明确写作时间的做了微调）。另外，《归寓一元图》题诗系组诗，故单列一辑。《归寓一元图》创作及题诗作者的有关情况，可参阅本书附录的《〈归寓一元图〉跋文题诗研究》。

有几首诗未选入。主要原因是或作者、出处存疑，或字词缺漏过多无法笺注。这几首诗是：《题明月归舟图》（《辑注》第1页）、《题纵情图》（《辑注》第3页）、《题岁寒三友图》（《辑注》第4页）、《题秋山无尽图》（《辑注》第33页）、《雪景》（《辑注》第43页）。

由于前面已经说过的主客观两方面原因，所以对这本《笺注》，读者可能还是不太满意。但是在我自己，如陶渊明在《和刘柴桑》中所说，"弱女虽非男，慰情良胜无"了。

最后需要强调的是，这本《笺注》依据的底本是沙鸥的《辑注》，没有他筚路蓝缕于前，我只能寸步难行于后，其他后来者更难以踵事增华于未来。另外，在笺注过程中，还得到书画鉴藏家王永林等诸多师友的鼓励与指导，友人柳拂桥、尚亭勇分别为本书题写书名、撰写跋文，在此一并致以谢忱。

如今，弟子们早已毕业，油菜花业已结籽，而笺注也终于定稿了。高兴之余，难免饶舌，拉拉杂杂说了上面这些话，就此打住。是为序。

唐　俊

2018年4月16日于葫芦居

目 录

第（五）辑　// 五　律

第一辑

五古

题青山图

春岛荣琪树^{〔一〕}，兰蕤祕初春^{〔二〕}。
仙人来卜宅^{〔三〕}，云幄饭芝房^{〔四〕}。
翠襉松萝古^{〔五〕}，紫珠结子长。
画图开半壁，晓露绕菔床^{〔六〕}。
峻阁钟镆连^{〔七〕}，龙归带雨飒。
芙蓉留石影，美醖盈螺杯^{〔八〕}。
醉卧桃花坞^{〔九〕}，如沉十日酿。

题解

据《辑注》，此诗辑自北京故宫博物院藏萧云从《青山图》。诗后题："崇祯甲申数日，坐校书堂小酌，拾此素纸，图厥《青山图》，感念乱离，致数语纪，愿知我有悉于武陵源矣。石人萧云从。"据此，知此诗作于1644年，时萧云从49岁。

萧云从此画题跋落款"石人"大有深意。石人，犹言木石之人，谓其无知觉，亦谓其长久存在。《汉书·灌夫传》："且帝宁能为石人邪？"颜师古注："言徒有人形耳，不知好恶也。一曰：石人者，谓常存不死也。"

此诗作意，如诗后题跋所言，是"感念乱离"。时清兵入关，明朝覆亡。诗人以"石人"为号，意在突出自己心如木石，正是"感念乱离"内心激愤的反映。诗中描绘仙人生活场景非常美好，有类陶渊明笔下的桃花源，安逸宁静，然诗人终究难以排遣现实生活的苦闷，故借酒聊以浇愁，效仿唐寅，"醉卧桃花坞"。

注释

〔一〕琪树：仙境中的玉树。《文选·孙绰〈游天台山赋〉》："建木灭景于千寻，琪树璀璨而垂珠。"吕延济注："琪树，玉树。"

〔二〕兰蕤：兰叶葳蕤。蕤，葳蕤，草木茂盛枝叶下垂貌。南朝梁江洪《咏蔷薇》："当户种蔷薇，枝叶太葳蕤。"祕，"秘"的异体字，香草，香。

〔三〕卜宅：选择住地。唐杜甫《为农》诗："卜宅从兹老，为农去国赊。"

〔四〕云幄：轻柔飘洒似云雾的帷幄。《西京杂记》卷一："成帝设云帐、云幄、云幕于甘泉紫殿，世谓三云殿。" 芝房：芝房歌，汉郊祀歌名，又称《齐房》。《汉书·武帝纪》："（元封二年）六月，诏曰：'甘泉宫内中产芝，九茎连叶。上帝博临，不异下房，赐朕弘休……作《芝房之歌》。'"亦省称"芝房"。汉班固《〈两都赋〉序》："《白麟》《赤雁》《芝房》《宝鼎》之歌，荐于宗庙。"

〔五〕襭：用衣襟兜起来。松萝，亦作"松罗"，即女萝，地衣门植物。体呈丝状，直立或悬垂，灰白或灰绿色，基部多附着在松树或别的树的树皮上，少数生于石上。可入药，有祛寒退热的作用。《诗·小雅·頍弁》："茑与女萝，施于松上。"毛传："女萝、兔丝，松萝也。"

〔六〕葍床：葍，《说文》："葍，芦菔，似芜菁。"芜菁，又名蔓菁，块根肉质，花黄色，块根可做蔬菜，俗称大头菜。葍床或即以芦菔之类根茎制作的卧具。

〔七〕钟鏜：钟声。鏜，象声词，形容钟声。《玉篇·金部》："鏜，铃声也。"

〔八〕螺杯：《辑注》作"螺椿"，误，今改。螺杯，螺壳制作的酒杯，后亦作酒杯的美称。《艺文类聚》卷七三引《陶侃故事》："侃上成帝螺杯一枚。"

〔九〕桃花坞：地名，在今江苏苏州，以盛产木版年画而著名。唐伯虎晚年于此筑别业，并有《桃花庵歌》记其事："桃花坞里桃花庵，桃花庵里桃花仙。桃花仙人种桃树，又摘桃花换酒钱……"

题烟鬟秋色图

畴昔爱种石[一]，魏然成假山。

后子爱更深[二]，环蓄成林峦。

买山无资斧[三]，握笔湛余间。

牵连数丈纸，厥兴逾难删[四]，

十日兼五日[五]，袅袅出烟鬟。

携以政后子[六]，残秋破愁顽。

嘉树拂雪檐，石林发青斑。

龙蹲与虎立，高下环松关。

我欲攫之去，坚钜讵易扳[七]。

彼且笑我愚，遂而不复悭。

秦皇驱海岛，大山失其顽。[八]

贰员担危石，精卫徒潺湲[九]。

巨灵有神划[十]，黄初叱羜菅[十一]。

窃笑米南宫，袍笏无官闲。[十二]

赠我二三枝，朝夕云一湾。

石山归我去，画山不复还。

留供青闷阁[十三]，岂羡倪荆蛮[十四]。

题解

据《辑注》，此诗辑自天津杨柳青书画社《萧云从张洽山水册页》（画现藏天津市艺术博物馆）。诗后题："戊子春作此卷，易集翁道盟山水数枚。至辛卯十月廿五日，小酌自醺，复索以观。醉中草赋，记乱世中有吾两人石交也。钟山梅下萧云从。"据此，知此诗作于1648年，时萧云从53岁。

此诗从喜爱假山起笔，先写与朋友因共同爱好而得雅趣；接着又写与石有关的神话传说及米芾轶事，既有对秦始皇幻想长生不老的嘲讽，也有对精卫填海的惋叹，对米芾拜石但是袍笏在身不得悠闲的戏谑；最后以"岂羡倪荆蛮"作结，表达诗人寄情山水，以避"乱世"的情感。

注释

〔一〕畴昔：往日，从前。《礼记·檀弓上》："予畴昔之夜，梦坐奠于两楹之间。"种石：叠石，谓假山。宋翁元龙《齐天乐·游胡园书感》词："种石生云，移花带月，犹欠藏春庭院。"

〔二〕后子：据此诗题跋，当指友人集翁。

〔三〕资斧：货财器用。《易·旅》："得其资斧。"程颐传："得货财之资，器用之材。"

〔四〕厥兴：那种兴趣。厥，其。

〔五〕十日兼五日：比喻作画构思精密，不轻易下笔。唐杜甫《戏题王宰画山水图歌》："十日画一水，五日画一石，能事不受相促迫，王宰始肯留真迹。"

〔六〕政：匡正，使正确。这里的意思是请友人指教。

〔七〕坚钜：坚硬的铁。这里是形容假山坚固。讵：岂，怎。

〔八〕秦皇驱海岛，大山失其顽：此句写秦始皇派徐福求仙人事。《史记·秦始皇本纪》："既已，齐人徐市（即徐福——引者注）等上书，言海中有三神山，名曰蓬莱、方丈、瀛洲，仙人居之。请得斋戒，与童男女求之。于是遣徐市发童男女数千人，入海求仙人。"

〔九〕潺湲：指流水。南朝宋谢灵运《入华子冈是麻源第三谷诗》："且申独往意，乘月弄潺湲。"

〔十〕巨灵：神话传说中劈开华山的河神。《文选·张衡〈西京赋〉》："缀以二华，巨灵赑屃，高掌远跖，以流河曲，厥迹犹存。"

〔十一〕黄初叱羝萱：黄初指黄初平，晋丹溪人，传能叱石成羊。《夜航船·卷十四·九流部》引《神仙传》："黄初平年幼牧羊，有一道士引入金华山石室中，数年，教以导引。其兄初起遍索之，后问一道士，曰：'金华山有牧儿。'兄随往，与初平相见，问羊何在？曰：'在山东。'兄同往，见白石遍山下，平叱之，皆起成羊。"羝，公羊。萱，草。

〔十二〕窃笑米南宫，袍笏无官闲：这两句写米芾爱石拜石事。据《宋史·米芾传》载：米芾任无为知军时，无为州有一块大石头，形状奇丑，米芾见之后大为高兴，说："这块石头完全可以受我一拜。"于是真的开始叩拜，并念念有词地喊石头大哥。

〔十三〕青闷阁：《新元史·列传第一百三十五·文苑下》："倪瓒，字元镇，无锡人。工诗，善书画。所居曰清闷阁，藏书数千卷，皆手自勘定。"这里萧云从或借指自己的居所。

〔十四〕岂羡：《辑注》作"之羡"，查萧云从原画（见顾平：《萧云从》，河北教育出版社2006年版，第130页），改。倪荆蛮：即倪瓒，元末明初画家、诗人。初名珽，字泰宇，后字元镇，号云林子、荆蛮民、幻霞子等。江苏无锡人。倪瓒家富，博学好古，四方名士常至其门。元顺帝至正初忽散尽家财，浪迹太湖一带。倪瓒擅画山水、墨竹，师法董源，受赵孟頫影响。早年画风清润，晚年变法，平淡天真。疏林坡岸，幽秀旷逸，笔简意远，惜墨如金。以侧锋干笔作皴，名为"折带皴"。墨竹偃仰有姿，寥寥数笔，逸气横生。书法从隶入，有晋人风度，亦擅诗文。与黄公望、王蒙、吴镇合称"元四家"。存世作品有《渔庄秋霁图》《六君子图》《容膝斋图》等，著有《清闷阁集》。

题古木高贤图

吾生遭末季〔一〕，吾性因自然。

从俗习矫诬，只觉累厌天。

栖迟入空谷〔二〕，众卉竟芳妍。

雅志好素琴，春风拂漪涟。

仰视干霄木〔三〕，不知始何年。

剥藓蜕紫蟉〔四〕，挂枝倒玄猿〔五〕。

茑萝若可扪〔六〕，谁探根九渊。

气虚涵太清〔七〕，远滓守孤岩。

虽非三古植〔八〕，时带六朝烟。

但知历冰雪，甲子无繇编〔九〕。

动操振群壑〔十〕，四壁生鸣泉。

忽啸过苏门〔十一〕，林木声仙仙〔十二〕。

讵用柳五树，休怀桃一源。〔十三〕

攀柏号苍冥，寒藤蔓蓝田〔十四〕。

灵修永千载〔十五〕，而云物不迁。

题解

据《辑注》，此诗辑自北京匡时国际拍卖公司拍品萧云从立轴纸本《古木高贤图》。诗后题："《摭古录》载有《古木高贤图》，是宋赵子固笔。余虽未见而期慕最深。丁酉谷雨后仿佛其义。附小诗以自娱也。区湖萧云从。"据此，知此诗作于1657年，时萧云从62岁。

此诗写因为喜爱赵孟坚（字子固）的《古木高贤图》，所以自己也发挥想象，作了一幅同题的画并题诗明志。

赵孟坚，南宋画家。系宋宗室，与元代著名书法家赵孟頫同为宋太祖十一世孙。据《宋人轶事汇编》卷十九载：赵孟坚入元以后，不乐仕进，隐居广陈镇（今属浙江海盐）。"公（赵孟坚）从弟子昂（赵孟頫）自苕中来访公，闭门不纳。夫人劝公，始令从后门入。坐定，第问：'弁山笠泽近来佳否？'子昂曰：'佳。'公曰：'弟奈山泽佳何！'子昂退，使人濯坐具。"虽然据考证，赵孟坚逝于宋亡前十余年，所谓宋亡不仕及拒见赵孟頫与事实不符，但是萧云从借表达对他的"期慕"之意，实际上是抒发自己不欲为清廷服务的心志。"讵用柳五树，休怀桃一源"是说人间没有世外桃源，高贤依旧不改志节。

注释

〔一〕遘末季："遘"意思是遭遇，"末季"指明朝末期。

〔二〕栖迟：漂泊失意。唐李贺《致酒行》："零落栖迟一杯酒，主人奉觞客长寿。"

〔三〕干霄：高入云霄。唐刘禹锡《和兵部郑侍郎省中四松诗十韵》："便有干霄势，看成构厦材。"

〔四〕蟉：即蟉虬，蜷曲，盘曲。此处当为名词，指古木树干表皮如蛇皮。

〔五〕挂枝：《辑注》作"桂枝"，疑误，今改。玄猿，黑色的猿。《艺文类聚·卷四十四·乐部四》："秋蜩不食，抱朴而长吟，玄猿悲啸，搜索乎其间。"

〔六〕茑萝：又名寄生。一年生草本植物。茎细长，卷络他物而上升。夏季开花，色有红有白，为观赏植物。

〔七〕太清：《辑注》作"太青"，疑误，今改。太清指天空。《鹖冠子·度万》："唯圣人能正其音，调其声，故其德上及太清，下及太宁，中及万灵。陆佃注：'太清，天也。'"

〔八〕三古：上古、中古、下古的合称。亦泛指古代。《魏书·律历志上》：

"三古所共行，百王不能易。"

〔九〕无繇：同"无由"，没有理由。《汉书·文帝纪》："诏曰：'列侯亦无繇教训其民。'"

〔十〕动操：弹琴。操，琴曲或鼓曲名。《宋书·卷九十三·列传第五十三·隐逸》："凡所游履，皆图之于室，谓人曰：'抚琴动操，欲令众山皆响。'"

〔十一〕忽啸过苏门：《晋书·阮籍传》："籍尝于苏门山遇孙登，与商略终古及栖神导气之术。登皆不应，籍因长啸而退。至半岭，闻有声若鸾凤之音，响乎岩谷，乃登之啸也。"后以"苏门啸"指啸咏，亦比喻高士的情趣。唐孟浩然《题终南翠微寺空上人房》诗："风泉有清音，何必苏门啸。"宋林逋《中峰》诗："自爱苏门啸，怀贤思不群。"

〔十二〕仙仙：《庄子·在宥》："鸿蒙曰：'意，毒哉！仙仙乎归矣！'"成玄英疏："仙仙，轻举之貌。"这里是形容声音悠长。

〔十三〕讵用柳五树，休怀桃一源：这两句是指陶渊明及其《桃花源记》。陶渊明曾作《五柳先生传》，故五柳指陶渊明。"桃一源"即桃源。

〔十四〕蓝田：县名。在陕西省渭河平原南缘、秦岭北麓、渭河支流灞河上游。秦置县，以产美玉闻名。汉班固《西都赋》："陆海珍藏，蓝田美玉。"

〔十五〕灵修：即灵脩。屈原用以指楚怀王。《楚辞·离骚》："指九天以为正兮，夫唯灵脩之故也。"王逸注："灵，神也。脩，远也。能神明远见者，君德也，故以谕君。"也指贤德明哲的人。明黄哲《过梁昭明太子墓》诗："灵修忽尔逝，岁晏劳予心。"

题孤山寻处士图

冊载论交道〔一〕，而今历岁寒。

倚岩構茅屋〔二〕，随鹤过湖滩。

细草荣复高，冬梅放夜阑。

青云梁父句〔三〕，白发汉人冠。

汲写平情抱〔四〕，园蔬任饱餐。

比邻呼可至〔五〕，真迹索非难。

吾道冰霜老〔六〕，春风天地宽。

孤山寻处士〔七〕，画得几枝看。

题解

据《辑注》，此诗辑自北京东方艺都拍卖有限公司2006年秋季拍卖会之萧云从山水作品。诗后题："丁酉十二月朔，缃、铇二兄持纸过，承湘筠馆命画以慰四十年友谊，用呈玉教，不足云诗画也。弟萧云从。"据此，知此诗作于1658年初，时萧云从63岁。

此诗借写林逋孤山归隐表明心迹。诗人于冬梅冒寒怒放、白发依旧汉冠等句中含蓄透露心怀故国之情，而"春风天地宽"则暗示对南明小朝廷还抱有希望。

注释

〔一〕冊载：四十年。冊，四十。

〔二〕构：指架屋。《说文·木部》："构，盖也。"

〔三〕梁父：《梁父吟》或《梁甫吟》的省称。为乐府古辞，属《相和歌·楚调曲》。一作《泰山梁甫吟》。"甫"亦作"父"。郭茂倩《乐府诗集》解题云："按梁甫，山名，在泰山下。《梁甫吟》盖言人死葬此山，亦葬歌也。"这首古辞从写坟开始，保留了葬歌痕迹，但从内容看，实际上是一首咏史诗，所咏为齐景公用国相晏婴之谋，以二桃杀三士的故事。故朱乾《乐府正义》解释说："（此诗）哀时也，无罪而杀士，君子伤之，如闻《黄鸟》之哀吟。后以为葬歌。"指出它首先是"哀时"之作，成为"葬歌"是后来的事。

〔四〕汲写：意谓抒发。汲：引导。《谷梁传·襄公十年》："汲郑伯。"范宁注："汲，犹引也。"写：倾吐，发抒。唐李白《于五松山赠南陵常赞府》诗："远客投名贤，真堪写怀抱。"情抱：情怀，胸襟。晋崔豹《古今注·草木》："汉郑宏为灵文乡啬夫，行官京洛，未至，宿一埭……村落绝远，酤无处，情抱不伸。"

〔五〕比邻：乡邻，邻居。《汉书·孙宝传》："后署宝主簿，宝徙入舍，祭灶请比邻。"晋陶潜《杂诗》之一："得欢当作乐，斗酒聚比邻。"

〔六〕冰霜老：冰霜，比喻操守坚贞清白。《隶续·晋右军将军郑烈碑》："故虽夙罹不造，而能全老成之德；居无檐石，而能厉冰霜之洁。"老，历时长久。冰霜亦喻环境冷酷严峻。《全宋诗》卷四二一载宋诗人五迈《白发吟》："壮年不可挽，过日如霜扫。但有岁寒心，不逐冰霜老。"

〔七〕孤山处士：北宋林逋，人称孤山处士。《宋史·隐逸传上·林逋》："林逋字君复，杭州钱塘人……初放游江淮间，久之归杭州，结庐西湖之孤山，二十年足不及城市。"元王冕《梅》诗："孤山处士诗梦寒，罗浮仙人酒兴阑。"

题秋山读书图

松间营草屋，石上有流泉。

静坐复和虑，端心挥五弦〔一〕。

读书还太古〔二〕，种树经□年〔三〕。

目极秋云外，情深霜叶边。

野人爱山水〔四〕，半壁写寒烟。

题解

据《辑注》，此诗辑自天津艺术博物馆藏萧云从《秋山读书图》。诗后题："戊戌长至前，为如翁社台老先生教，于湖萧云从。"据此，知此诗作于1658年，时萧云从63岁。

此画题为《秋山读书》，但题诗立意却与嵇康相关。嵇康为曹魏宗室的女婿，娶曹操曾孙女长乐亭主为妻。官至中散大夫，世称"嵇中散"。晋代魏后隐居不仕，屡拒为官。因得罪钟会，遭其构陷，而被司马昭处死。此诗用嵇康的典故，表达不与统治者合作的心志。诗人心期"太古"，正是对现实不满的体现。

注释

〔一〕挥五弦：嵇康《赠秀才入军·其十四》诗："目送归鸿，手挥五弦。俯仰自得，游心太玄。嘉彼钓翁，得鱼忘筌。郢人逝矣，谁与尽言？"

〔二〕太古：即远古。此处或指作者向往的时代。

〔三〕此句缺一字。

〔四〕野人：上古谓居国城之郊野的人，与"国人"相对。《左传·定公十四年》："大子蒯聩献盂于齐，过宋野，野人歌之曰：'既定尔娄猪，盍归吾艾豭。'"借指隐逸者。宋王禹偁《题张处士溪居》诗："云里寒溪竹里桥，野人居处绝尘嚣。"

题天半晴峰图

泛舟郡城下，日暮寒风生。

东向多佳气，青峰天半横。

我来复何事，捉笔染秋荣。

访□入葱蒨〔一〕，底檐好松声。

纵情披沙碛〔二〕，千里一潮平。

云隐孤帆远，烟花几处明。

衰年讬沧瀣〔三〕，野梦澹无情。

八月仰飞兔〔四〕，三江骑长鲸〔五〕。

何须倾杯酒，今古驰高名〔六〕。

⊙题⊙解

    据《辑注》，此诗辑自北京朵云轩藏萧云从山水长卷《天半晴峰图》。诗后题："壬寅中秋，画卷于青莲阁，江月炤人逸兴渺，集题片少志客怀也。"据此，知此诗作于1662年，时萧云从67岁。

    题跋中"集题片少"，未详何意。志，写。客怀，身处异乡的情怀。宋戴复古《度淮》诗："一雨足秋意，孤吟写客怀。"

    此诗作于"壬寅中秋"，诗人客居他乡，但是并非对月伤怀之作。画家笔下的山水，秋木仍葱蒨，几处烟花明，一派生机。虽然已是"衰年"，但是从"八月仰飞兔，三江骑长鲸"看，可谓壮怀激烈。诗人含蓄表达了对南明小朝廷仍然抱有希望，欲有所作为的心情。

（注）（释）

〔一〕此句"访"后缺一字，疑为"友"。葱蒨：草木青翠茂盛貌。唐刘禹锡《史隐亭述》："澄明峭绝，霏靡葱蒨。"

〔二〕沙碛：沙滩；沙洲。北周庾信《奉和泛江》："锦缆回沙碛，兰桡避荻洲。"

〔三〕沧溟：沧海，大海。明夏完淳《南越行送人入闽》诗："此去长风渡沧溟，天吴海若朝宗会。"

〔四〕飞兔：亦作"飞菟"，骏马名。《吕氏春秋·离俗》："飞兔、要褭，古之骏马也。"高诱注："飞兔、要褭，皆马名也。日行万里，驰若兔之飞，因以为名也。"

〔五〕长鲸：大鲸。晋左思《吴都赋》："长鲸吞航，修鲵吐浪。"

〔六〕驰高名：《辑注》作"弛高名"，疑误，今改。

题冒巢民仿摩诘读书图五十三岁小像赞

丙午秋与辟疆年兄饮于老友郑士介水部[一]米颠石畔。辟疆心爱之甚，命余写余大仪之下，以塞其白，并系以诗。区湖同年弟萧云从拜识。

> 君年五十六，吾年七十一。
>
> 相遇在芜城[二]，白发借银织。
>
> 读书欲何为，才名空赫奕[三]。
>
> 旅馆自萧条，偶然见灵璧[四]。
>
> 将以擢之归，袖短焉能得[五]？
>
> 嵯峨百窍生[六]，时有烟霞集。
>
> 命我貌其形，供养垫双舄[七]。
>
> 呼之起共语，只此寒山石[八]。

题 解

据《辑注》，此诗辑自北京师范大学图书馆藏清康熙刻本冒辟疆《同人集》卷三。据小序，知此诗作于1666年，时萧云从71岁。

冒襄（1611—1693），字辟疆，号巢民，一号朴庵，又号朴巢，明末清初文学家，南直隶扬州府泰州如皋县（今江苏如皋）人。康熙三十二年卒，年八十有三，私谥潜孝先生。冒襄一生著述颇丰，传世的有《先世前征录》《朴巢诗文集》《岕茶汇抄》《水绘园诗文集》《影梅庵忆语》《寒碧孤吟》和《六十年师友诗文同人集》等。郑士介，名侠如，字士介，明贡生，官工部司务。工词。有

《休园诗馀》。

此诗回顾了与冒襄的交往、共同的科场遭遇以及爱好，叙述了在老友处共赏奇石的乐趣，于平淡的叙事中含蕴朋友间深厚的友情。

注释

〔一〕水部：官名。魏置水部郎，晋设水部曹郎，隋唐至宋均以水部为工部四司之一，明清改为都水司，掌有关水道之政令。相沿仍以水部为工部司官的一般称呼。参阅《通典·职官五》《历代职官表》卷二。

〔二〕芜城：在今江苏省扬州市西北蜀岗上，即秦汉广陵县治所。东汉末荒芜。南朝宋竟陵王诞之乱后更甚，故别称"芜城"。南朝宋鲍照有《芜城赋》。唐李商隐《隋宫》诗："紫泉宫殿锁烟霞，欲取芜城作帝家。"后借指扬州。

〔三〕赫奕：显赫貌，美盛貌。《魏书·酷吏传·李洪之》："（洪之）富贵赫奕，当舅戚之家。"萧云从与冒襄都是多次科举不第者。

〔四〕灵璧：石名。产于安徽省灵璧县的磬石山。此石埋在深山沙土中，掘之乃见，色如漆，间有细白纹如玉，叩之声音清越。《书·禹贡》所谓"泗滨浮磬"，即指此。以其形状奇特，常用以装点假山。

〔五〕袖短："臂长衫袖短"的缩略语。手臂长，衫袖短。形容衣不遮体，生活清苦。宋普济《五灯会元》卷一二："潭州石霜法永禅师僧问：'如何是佛？'师曰：'臂长衫袖短。'"此处是诗人表示无力购买灵璧石的玩笑语。

〔六〕嵯峨：山高峻貌。唐唐彦谦《送许户曹》诗："将军楼船发浩歌，云樯高插天嵯峨。"

〔七〕双舄：舄，即"履"，鞋。双舄，一双鞋。

〔八〕寒山：在今江苏苏州西郊。《清一统志·苏州府一》："（寒山）本支硎山之支峰，明处士赵宦光隐此，筑小宛堂，后为僧舍。庭前老梅相传宦光手植，芙蓉泉出其旁。"此处寒山石或指灵璧石。

题百尺明霞图

少小恣浏览，老焉学虚恬〔一〕。

养生贵天得，无事铭药盦〔二〕。

展卷揩鬃几〔三〕，凉月先栖檐。

澹漠共永夕，天机何可淹。

桥南携玉珍〔四〕，启我相水帘〔五〕。

一弄凉风生，薄寒惊尪纤〔六〕。

此中已万古，大悟始沉渐。

秋气于兹凝，功成在立严〔七〕。

明霞餐百尺，不饮也厌厌〔八〕。

（题）（解）

据《辑注》，此诗辑自上海博物馆藏萧云从《百尺明霞图》。诗后题："暇日握笔，遂尔精纤，然气静恬，不知老之瀓也。附韵以记。于梅筑寄赠子远季弟清玩。七十二翁云从。"据此，知此诗作于1667年，时萧云从72岁。

从题跋可知，此诗是写赠弟弟萧云律（子远季弟）的。兄弟俱到晚年且分隔两地，故萧云从在诗中谈养生之道等，实际上是以这种方式表达挂念、关切之情。

注释

〔一〕虚恬：清虚恬淡。晋张华《答何劭》诗之二："自予及有识，志不在功名；虚恬窃所好，文学少所经。"

〔二〕药奁：药匣。奁，女子梳妆用的镜匣，泛指精巧的小匣子。这两句意谓养生贵在顺其自然，不要动辄吃药。

〔三〕髹几：涂上漆的木几。清魏耕《宿千松禅院待钱大缵曾不至》诗："喧寂两豁如，髹几隐炉香。"

〔四〕玉珍：玉液珍羞的简称。喻美酒和珍美的肴馔。

〔五〕水簾：谓从高处流下如垂簾的水，多指瀑布。金元好问《游黄华山》诗："黄华水簾天下绝，我初闻之雪溪翁。"

〔六〕尪纤：瘦小的样子。《魏书·崔浩传》："世祖指浩以示之，曰：'汝曹视此人，尪纤懦弱，手不能弯弓持矛，其胸中所怀，乃逾于甲兵。'"

〔七〕立严：建立威严。《春秋繁露》卷第十一："人无春气，何以博爱而容众；人无秋气，何以立严而成功；人无夏气，何以盛养而乐生；人无冬气，何以哀死而恤丧。"

〔八〕厌厌：安静，安逸。《诗·秦风·小戎》："厌厌良人，秩秩德音。"毛传："厌厌，安静也。"

题江山胜览图卷

着笔自矜贵，幽真乃可寻[一]。
晴窗揽秀色，属志在高岑[二]。
烟淡邈无际，风清时过林。
野人复何慕，独见太古心。
水气溢南北，空江与天深。
我情托松柏，寒盦多阴森[三]。
所忆昔时法，难为证于今。
营丘尝有云，惜墨如惜金[四]。

题解

据《辑注》，此诗辑自辽宁博物馆藏萧云从设色山水图卷《江山胜览图》。诗后题："余家范萝之松，载于郡乘，晨夕相对，读书其间，可以娱老。或曳藤江滨，展楮茅宇，点染深细，愈觉神王，庶庸以赠之将来云。七十又二萧云从。"据此，知此诗作于1667年，时萧云从72岁。

题跋中，"展楮"意谓绘画，"神王"指精神健旺（"王"通"旺"）。此诗写诗人晚年在芜湖范萝山（今作范罗山）闲居生活的情趣。诗人情寄山水，"情托松柏"，读书绘画，自得其乐。

注释

〔一〕幽真：幽静纯真的情趣。唐王昌龄《琴》诗："孤桐秘虚鸣，朴素传幽真。"

〔二〕属志：即属意，意思是钟情、喜爱。高岑：高山。《辑注》作"高岑（岭）"。按：《汉语大词典》无"高岭"一词。《文选·王粲〈登楼赋〉》："平原远而极目兮，蔽荆山之高岑。"李善注："山小而高曰岑。"

〔三〕氲：烟，云气。唐张籍《宛转行》："炉氲暗徘徊，寒烟背斜光。"

〔四〕营丘：指五代宋初画家李成。李成，字咸熙。原籍长安（今陕西西安），先世系唐宗室，祖父于五代时避乱迁家营丘（今山东青州），故又称李营丘。擅画山水，师承荆浩、关仝，后师造化，自成一家。多画郊野平远旷阔之景。平远寒林，画法简练，气象萧疏，好用淡墨，有"惜墨如金"之称。明陶宗仪《辍耕录》卷八："李成惜墨如金，是也。"

题桐下纳凉图

道人本忘机[一]，深谷遂幽志[二]。

临水植梧桐，轻风亦时至。

此中复可休，高怀于为忿，

嗟我城阙中[三]，炎蒸无取避[四]。

相招入紫岩，良友相偕至。

芥泉石上烟[五]，蔬笋随分备。

蝉殼发悲声，高溪闻密义[六]。

惟余老画师，片纸久岁祟[七]。

展卷动残雪，如看隔世事。

白日下孤峰，薄寒浸半臂。

三生此际间[八]，浩气弥天地。

(题)(解)

据《辑注》，此诗辑自上海博物馆藏萧云从《桐下纳凉图》。诗后题："同岩夫过珍公，梧下纳凉，剧谈之余，挥汗作此，留为异日佳话，亦三年三笑图遗韵也。钟山老人萧云从。"此图作年不详，萧云从晚年号"钟山老人"，故诗系晚年之作。

岩夫，指汤燕生；珍公，指释珍厂。均为萧云从友人。据《萧云从丛考》（线装书局2012年版，第54页），此图有释珍厂题跋，其中云："无闷居士为余写

《桐下纳凉图》，而岩夫居士复为之诗，皆各尽其能事，不揣鄙拙，辄（辄）附其诗，后之览者按图诵句，知吾三人一时相聚之雅，更非尘外想也。"此诗即写避暑山中与友人相聚之乐。

（注）释

〔一〕忘机：消除机巧之心。常用以指甘于淡泊，与世无争。唐王勃《江曲孤凫赋》："尔乃忘机绝虑，怀声弄影。"

〔二〕幽志：《辑注》作"幽忘"，误，今改。指高远的志趣。

〔三〕阓：市区的门。《说文》："阓，市外门也。从门，贵声。"后亦借指市区。如：阛阓（指街市）。

〔四〕炎蒸：亦作"炎烝"。暑热熏蒸。北周庾信《奉和夏日应令》："五月炎烝气，三时刻漏长。"唐杜甫《热》诗之三："欻翕炎蒸景，飘飖征戍人。"

〔五〕岕泉：指两山之间涌流的泉水。

〔六〕密义：佛教语。深密的义理。《楞严经》卷一："十方菩萨，咨决心疑，钦奉慈严，将求密义。"

〔七〕岁祟：祟，迷信说法指鬼神给人带来的灾祸。此句是说自己命运多舛。

〔八〕三生：佛教语。指前生、今生、来生。唐牟融《送僧》诗："三生尘梦醒，一锡衲衣轻。"

梅花下赠唐祖命允甲

同情卧冰雪[一]，每觉春来迟。
何意君作客，驰担在茅茨[二]。
寒风裂窗纸，偶见向南枝[三]。
独挈一樽酒，高吟五字诗。

题解

据《辑注》，此诗辑自上海古籍出版社《清诗话续编·国朝诗话》卷二。作年不详。

唐允甲，字祖命，号耕坞，安徽宣城人。萧云从友人。据《萧云从丛考》（线装书局2012年版，第71页）引《宛雅三编》，知唐允甲曾移居当涂，入清不仕。工书能诗。王士禛《池北偶谈》卷十四："亡友唐允甲，宣城人，故明中书舍人。工楷法，诗最清婉。尝有句云：'残花野蕨围荒砦，破帽疲驴避长官。'"

此诗表达自己身居陋室，而有友人过访的欣喜之情。诗人钟情梅花，寒风凛冽之中的梅花正是诗人自己的写照。

注释

〔一〕同情：犹常情。明刘基《鱼乐轩记》："夫恶忧患而乐无害，凡物之同情也。"此句写梅花处冰雪之环境是常情。

〔二〕驰担：同"弛担"，放下担子，息肩。宋何薳《春渚纪闻·张道人异事》："一日樵归，于山道遇二道人对棋，弛担就观。"指栖息。元黄潛《杭州送儿侄归里》诗："息肩弛担今何处？明朝过我三釜山。"茅茨：亦作"茆茨"，茅草盖的屋顶，亦指茅屋。《韩非子·五蠹》："尧之王天下也，茅茨不翦，采椽不斲。"又指简陋的居室，用以谦称自己的家。宋王安石《寄阙下诸父兄兼示平甫兄弟》诗："但愿一门皆贵仕，时将车马过茆茨。"

〔三〕南枝：本指朝南的树枝。南朝梁简文帝《双燕》诗："衔花落北户，逐蝶上南枝。"借指梅花。宋苏轼《次韵苏伯固游蜀冈送李孝博奉使岭表》："愿及南枝谢，早随北雁翩。"王文诰辑注引赵次公曰："南枝，梅也。"

第二辑

七古

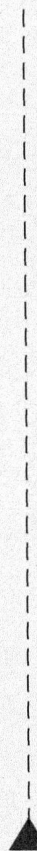

秋山访友图

千峰凝翠宛神州〔一〕，中有仙翁寤寐游〔二〕。

循溪隐隐穿细路，断岸疏疏起烟雾。

秋山万叠西日下，渺渺一片江南秋〔三〕。

题解

据《辑注》，此诗辑自北京中嘉拍卖公司2008年秋季艺术品拍卖之萧云从《秋山访友图》。诗后题："庚寅孟春，钟山老人萧云从。"据此，知此诗作于1650年，时萧云从55岁。

此诗写于孟春，却用落日西下，满目烟雾，渺渺一片，突出秋意秋山衰飒之境和诗人迷茫忧愁之情，这与江山易主有关。诗中的"仙翁"无疑是位遁隐山林的高士，是诗人欲访的道友。此诗表达了诗人不欲与新朝统治者合作及担忧新朝统治下人民命运的心情。

注释

〔一〕宛神州：宛，宛如。神州，语带双关，既指中国，又指"神洲"，古代神话传说中神仙活动处。

〔二〕寤寐：醒与睡。常用以指日夜。《诗经·周南·关雎》："窈窕淑女，寤寐求之。"

〔三〕渺渺：本指远方无边无际的样子，这里暗寓忧愁之意。宋苏轼《前赤壁赋》："渺渺兮予怀，望美人兮天一方。"

题雪景图

群峰矗矗种白玉〔一〕，山家避寒居茅屋〔二〕。

雪后易晴日当空，老人惊喜踏深麓。

木屐草笠不随身，带水拖泥趁双足。

撑天柹栗自主张〔三〕，觅醉前村汛醲醁〔四〕。

有诗何必灞桥吟〔五〕，有鹤莫向华亭宿〔六〕。

身处穷庐望雁飞〔七〕，独怜汉使麾节秃〔八〕。

题解

据《辑注》，此诗辑自《梦园书画录》卷十七《萧云从雪景直幅》。诗后题："庚寅除夕染此雪图，感时题咏，颇大称意趣。钟山老人萧云从。"据此，知此诗作于1651年，时萧云从56岁。

此诗前八句写雪后初晴，山野老人欣喜若狂，不顾山路难行而去"前村"与朋友畅饮觅醉的情景。后四句，诗人由对这位不惧寒冷恶劣环境、充满原生态活力的老人的赞赏，转入对历史的思考。通过陆机悔叹没有尽早隐退与苏武困厄匈奴多年不改志节的对比，含蓄表达了自己的人生态度与取向。

注释

〔一〕种白玉：化用"种玉"的神话。晋干宝《搜神记》卷十一："杨公伯雍……汲水作义浆于坂头，行者皆饮之。三年，有一人就饮，以一斗石子与之，使至高平好地有石处种之，云：'玉当生其中。'杨公未娶，又语云：'汝后当得好妇。'语毕不见。乃种其石。数岁，时时往视，见玉子生石上，人莫知也。有徐氏者，右北平著姓，女甚有行，时人求，多不许。公乃试求徐氏，徐氏笑以为狂，因戏云：'得白璧一双来，当听为婚。'公至所种玉田中，得白璧五双，以聘。徐氏大惊，遂以女妻公。"后用"种玉"形容雪景或仙境之美。唐刘庭琦《奉和圣制瑞雪篇》："何处田中非种玉，谁家院里不生梅？"

〔二〕山家：山野人家。唐杜甫《从驿次草堂复至东屯茅屋》诗之二："山家蒸栗暖，野饭射麋新。"又指隐士。宋梅尧臣《九华隐士居陈生寄松管笔》诗："一获山家赠，令吾愧汝曹。"

〔三〕主张：犹支撑。《初刻拍案惊奇》卷三十："却又不知李参军如何便这般惊恐，连身子多主张不住，只是个颤抖抖的。"《三国演义》第三二回："张辽乘势掩杀，袁尚不能主张，急急引军奔回冀州。"这里是说老人在泥泞山道走路累了休息。

〔四〕汛醹渌：汛，洒水。《说文》："汛，洒也。"这里有"饮"的意思。醹渌，亦作"醹渌"。美酒名。晋葛洪《抱朴子·嘉遁》："藜藿嘉于八珍，寒泉旨于醹渌。"宋黄庭坚《念奴娇》词："寒光零乱，为谁偏照醹渌。"

〔五〕灞桥：桥名。本作霸桥。据《三辅黄图·桥》："霸桥，在长安东，跨水作桥。汉人送客至此桥，折柳赠别。"唐郑谷《小桃》诗："和烟和雨遮敷水，映竹映村连灞桥。"

〔六〕此句用华亭鹤唳的典故。《世说新语·尤悔》："陆平原河桥败，为卢志所谮，被诛，临刑叹曰：'欲闻华亭鹤唳，可复得乎？'"陆机（字平原）遭诬陷，成为晋"八王之乱"的牺牲品。临刑时想起当年游华亭，听鹤唳之往事。后以此用为悲叹不知及早隐退而受谗言、慨叹平生的典故。

〔七〕雁飞：此句用雁足传书的典故。典出《汉书·苏武传》。苏武被困匈奴多年，单于诡称苏武已死。后来汉使探知实情，声言汉天子在上林苑射得大雁，雁足系有苏武所写帛书，云在某泽中。单于不得已，交还武等九人。后遂以"雁足传书"指大雁能传递书信。

〔八〕汉使麾节：指苏武出使匈奴，被扣留十九年，持节不变事。

题云台疏树图卷

朝起见红日，气象殊佳哉。

世事不与我，独登书云台〔一〕。

得此丈余宣德纸〔二〕，滑腻流光一带水。

啜茗焚香染数峰，疏树寒烟青欲雨〔三〕。

吾生得意岂须多，月窟天根自筑窝〔四〕。

安乐何庸处否吟，山高水长我奈何〔五〕？

君不见海上集芝客〔六〕，湖边配苣人〔七〕。

鹏风龙气万千里，三月飞涛出禹门〔八〕。

题解

据《辑注》，此诗辑自南京博物院藏萧云从《云台疏树图卷》。诗后题："丙申元旦晴和，胸中浩然，知世外有余乐，伸纸作画，顷刻而成。留此客语，若献吉梦，不止绘事云也。钟山老人萧云从识。"据此，知此诗作于1656年，时萧云从61岁。

此诗写于丙申新年初一，当天天气晴和，诗人心情亦佳。故展纸作画，"啜茗焚香"。是年乃诗人逢花甲的本命年，但是不知"老之将至"，不仅想做保持高洁品格（如屈原那样）的世外高人（如集芝客），而且欲鹏飞万里，成就一番事业。此所以题跋中说"胸中浩然"也。

(注)(释)

〔一〕书云台：书，画。"书云台"意思是为云台山作画。我国多地有云台山，此诗所写在今江苏南京江宁区西南。此云台山有泉石之胜。据《金陵胜迹志》卷四：云台山"在殷子山东陶吴镇旁，有石龙池，澄泓可爱，清鉴毛发，纤鳞游泳，或云龙族，西迤十里为虎肱洞"。

〔二〕宣德纸：又名宣德笺、宣德贡笺或宣德宫笺，系明代纸名。它是明朝宣德（1426—1435）年间所生产的名纸。宣德纸与"宣德瓷""宣德炉"一起被誉为"明（代）宣德三宝"而闻名于世。宣德纸中包含有本（白）色纸、五色粉笺、金花五色笺、五色大帘纸等多个品种。

〔三〕此句化用唐李白《梦游天姥吟留别》"云青青兮欲雨，水澹澹兮生烟"句。

〔四〕月窟：月宫，月亮。宋王禹偁《商山海棠》诗："桂须辞月窟，桃合避仙源。"亦泛指边远之地。唐李白《苏武》诗："渴饮月窟水，饥飧天上雪。"天根：星名，即氐宿。东方七宿的第三宿，凡四星。《国语·周语中》："天根见而水涸。"

〔五〕这两句《辑注》作"安乐何云处否吟，山高水长奈我何"，今据萧云从原图改。"何庸"即"何用"，"我奈何"当作"奈我何"。

〔六〕海上集芝客：谓摘采芝草。古以芝草为神草，服之长生，故常以"采芝"指求仙或隐居。汉张衡《思玄赋》："留瀛洲而采芝兮，聊且以乎长生。"又以"采芝"指遁隐。秦末有四皓东园公、甪里先生、绮里季、夏黄公见秦政苛虐，乃隐于商雒，曾作歌曰："莫莫高山，深谷逶迤。晔晔紫芝，可以疗饥。唐虞世远，吾将何归？驷马高盖，其忧甚大，高贵之畏人，不及贫贱之肆志。"（参见《史记·留侯世家》、晋皇甫谧《高士传·四皓》）

〔七〕湖边配茞人：指屈原。屈原《离骚》多用嘉木香草喻美好品格。如云："擥木根以结茞兮，贯薜荔之落蕊。矫菌桂以纫蕙兮，索胡绳之纚纚。"意思是"我用树木的根编结茞草，再把薜荔花蕊穿在一起。我拿菌桂枝条联结蕙草，胡绳搓成绳索又长又好"。

〔八〕禹门：即龙门。地名。在山西河津县西北、陕西韩城县东北。相传为夏禹所凿，故名。唐黄滔《水殿赋》："截通魏国之路，凿改禹门之水。"

题三清图

香兰野竹岁高韵，只有梅花便见春。

独唱老夫声晴暖，笔锋墨阵断蛟冰^{〔一〕}。

莫怪山阴水田月^{〔二〕}，古今谁是知心人。

题解

据《辑注》，此诗辑自上海博物馆藏萧云从《三清图》。诗后题："乙巳十月五日，燠如秋初，随手纷披，恰有奇况，遂无状乃尔。七十翁云从。"据此，知此诗作于1665年，时萧云从70岁。

三清，本系道教所指玉清、上清、太清三清境。这里指梅兰竹。从题跋可知，作此诗时，天气闷热（燠），但是节令毕竟已是初冬。春兰吐香，夏竹清幽之后，诗人想象冬梅即将绽放，又一个美好的明年阳春就要到来，内心无比欣喜。而梅兰竹"三清"的高节雅韵，古往今来却没有几人"知心"、理解和欣赏，诗人由此联想起被人目为"怪人"的徐文长，其实乃超凡脱俗者。

注释

〔一〕蛟冰：即冰块。唐沈佺期《奉和立春游苑迎春》："东郊暂转迎春仗，上苑初飞行庆杯。风射蛟冰千片断，气冲鱼钥九关开。林中觅草才生蕙，殿里争花并是梅。歌吹衔恩归路晚，栖乌半下凤城来。"宋宋祁《春帖子词·皇帝阁十二首》："水暖蛟冰解，灰飞凤管和。阳春与皇泽，并付女夷歌。"

〔二〕水田月：应为"田水月"，疑作者误记。"秦田水月"是明徐渭对自己姓名的檃栝。徐渭，绍兴府山阴（今浙江绍兴）人。明代著名文学家、书画家、戏曲家。清褚人获《坚瓠补集·走马灯谜》："山阴徐文长名渭，尝隐括'徐渭'二字为'秦田水月'。"按，"田水月"为"渭"字之分解；"秦"隐"徐"字，"秦"与"徐"均可析为"三人禾"。徐渭有《田水月评西厢记》二卷及《田水月红梨记》。

赠胡曰从

胡公九十好林居，三十年前老秘书〔一〕。

蜾扁心潜羲颉学〔二〕，凌云大字光椒除〔三〕。

即今高卧紫峰阁，天下何人不式庐〔四〕？

气卷灵春太液润〔五〕，道漾棼缊青阳舒〔六〕。

烧兰归赐宫中烛〔七〕，倚缛仍安下泽车〔八〕。

淇水洋洋数竿竹〔九〕，颐其衍武歌璠玙〔十〕。

文章善后延松鹤，敬为胡公赋遂初〔十一〕。

题解

　　据《辑注》，此诗辑自《虚斋名画录》卷十《萧尺木山水轴》。诗后题："曰
从先生长余十二岁。别二十年，偶来金陵，拜瞻几杖，年开九秩。人景千秋，犹
镌小印，篆成蝇头。神明不隔，真寿征也。丁未九月，区湖七十二弟萧云从诗画
呈教。"据此，知此诗作于1667年。

　　胡正言（约1580—1671），字曰从，安徽休宁人，明末书画家、出版家。寄
居金陵（今江苏南京）鸡笼山侧，庭院中种翠竹十余竿，因名"十竹斋"。精通
绘画、书法、篆刻。胡正言热心经营木版水印和出版事业，与刻印高手朝夕研
讨，以其本人及时贤名家创作的字画作品，用拱花技艺辑印《十竹斋书画谱》。

　　此诗赞美胡正言的学问、品德与名望，最后以"松鹤延年"表达祝福其长寿
的美好心愿，体现了诗人对友人的深情厚谊。

注释

〔一〕老秘书：《金陵通传》卷二十二载："胡正言，以贡除中书舍人。"中书舍人有秘书之职责，故称老秘书。

〔二〕蝶扁心潜羲颉学：蝶扁，篆书的一体。形略扁，故名。羲颉：伏羲和仓颉。传说《易经》八卦为伏羲所作；仓颉，古代传说中的汉字创造者。汉许慎《说文解字序》："黄帝之史仓颉，见鸟兽蹄远之迹，知分理之可相别异也，初造书契。"

〔三〕椒除：宫殿的陛道。除，台阶。《汉书·王莽传下》："自前殿南下椒除。"颜师古注："除，殿陛之道也。椒，取芬香之名也。"此句赞美胡正言书法艺术之高。

〔四〕式庐：指登门拜谒。清顾炎武《赠孙征君奇逢》诗："门人持笈满，郡守式庐频。"义同"式闾"，皆古代敬贤之词。

〔五〕太液：古池名。汉太液池，在陕西省长安县西。武帝元封元年（前110）开凿，周回十顷。池中筑渐台，高二十余丈；又起三山，以像瀛洲、蓬莱、方丈三神山，刻金石为鱼龙奇禽异兽之属。

〔六〕棼缊：形容错杂盘聚。汉蔡邕《篆势》："颉若黍稷之垂颖，蕴若虫蛇之棼缊。"青阳：本指春天。《尸子·仁意》："春为青阳，夏为朱明。"《汉书·礼乐志》："青阳开动，根荄以遂。"犹"清扬"，谓眉目清秀。汉应玚《神女赋》："腾玄眸而眄青阳，离朱唇而耀双辅。"这里是形容书法秀逸。

〔七〕烧兰：古人室内常烧兰麝之香，简称"烧兰"。唐白居易《看恽家牡丹花戏赠李二十》："香胜烧兰红胜霞，城中最数令公家。人人散后君须看，归到江南无此花。"

〔八〕下泽车：一种适宜在沼泽地上行驶的短毂轻便车。《后汉书·马援传》："吾从弟少游常哀吾慷慨多大志，曰：'士生一世，但取衣食裁足，乘下泽车，御款段马，为郡掾史，守坟墓，乡里称善人，斯可矣。'"李贤注："《周礼》曰：'车人为车，行泽者欲短毂，行山者欲长毂；短毂则利，长毂则安'也。"

038 ··· 萧云从诗歌笺注

〔九〕淇水：大部位于在河南省北部林州市，下游经鹤壁至卫辉市。古为黄河支流，发源于山西省陵川县，南流至今卫辉市东北淇门镇南入河。以产竹闻名。

〔十〕璠玙：美玉名。《初学记》卷二七引《逸论语》："璠玙，鲁之宝玉也。孔子曰：美哉璠玙，远而望之，焕若也；近而视之，瑟若也。"比喻美德贤才。三国魏曹植《赠徐干》诗："亮怀璠玙美，积久德愈宣。"

〔十一〕遂初：遂其初愿。谓去官隐居。《晋书·孙绰传》："（孙绰）少与高阳许询俱有高尚之志。居于会稽，游放山水，十有余年，乃作《遂初赋》以致其意。"

题地震山水卷

戊申六月十有六，老夫篝镫初就宿〔一〕。

梦里掀翻起披衣，轰声飑飒撼茅屋〔二〕。

非雷非霆动不已，鳌极奋鳞鹏展翮。

闲情无事阅缋图，仄岩流泉郁古木。

笑宅城东隅，何似托幽隩〔三〕。

奋笔雯腾与霞霏，意匠凿天天为覆。

亦寸裁成卷式高，楮光墨燥饶毛秃〔四〕。

就中牵连三丈馀，飞鹢引帆骏转毂〔五〕。

携琴载酒访玉贤，盟质仙松心帝竹〔六〕。

楼雉蠕蛇出没中〔七〕，竭来远近送春目〔八〕。

渲云铺縠织湖波，潇水朝乘称淑郁〔九〕。

啸启乾坤豁焉空，峻峰隐天溪坲谷〔十〕。

樵师渔子未营思，山泽含灵多苞育。

志气冲和造化平，偶然变幻何惊畜〔十一〕。

吁嗟乎！

左相丹青右军字〔十二〕，一技成名甘淹没。

莫道风期别有怀〔十三〕，人生冲淡便多福。

胸蟠丘壑任纵横〔十四〕，读书万卷精神足。

题解

据《辑注》，此诗辑自天津市文物局藏萧云从《地震山水卷》。诗后题："地震而数椽无恙，幸不为西周之南宫极焉。披卷看山纪异志怀以自娱云。七十三翁萧云从。"据此，知此诗作于1668年。

据《马鞍山市志》载：清康熙七年（1668）6月17日，当涂地震。《芜湖市志·芜湖大事记》："7月25日，芜湖地震，房屋有倒塌，荡摆数刻方宁。"

此诗先写地震发生时的情景；接着写地震之后家乡自然美景以及城郭未遭破坏，诗人在庆幸人民生活如常的同时，对自己也能依旧过着怡然自乐的读书作画访友的生活感到高兴；最后表达了"人生冲淡便多福"的人生观。总之，由于古代地广人稀，这次地震的强度也有限，因此这首诗并没有渲染地震造成的灾害。

注释

〔一〕籝镫：点油灯。籝，灯笼。镫，通"燈"，即灯。

〔二〕飑飔：狂风大作之声。飑，古同"飙"，暴风。

〔三〕隩：河岸弯曲处。

〔四〕毚：狡兔。《说文新附》："毚，狡兔也。从兔，毚声。"这句意思是说，纸光滑墨焦燥笔是秃了毛的。

〔五〕飞鹢：鹢，古书上说的一种似鹭的水鸟。飞鹢指头上画着鹢的船，亦泛指船。骏转毂：骏马拉车在山路上行走。

〔六〕玉贤：道家人物名，系修真得道的人。《云笈七签·卷二十一·天地部一》："上清真人呼日为'九曜生'，泰清天中仙人呼日为'太明'，太极天中呼日为'圆明'，玉贤天中呼日为'微玄'。"盟质：盟誓的信约。《国语·晋语四》："吾先君武公与晋文侯戮力一心，股肱周室，夹辅平王。平王劳而德之，而赐之盟质。"帝竹：传说中的竹名。晋戴凯之《竹谱》："员丘帝竹，一节为船。巨细已闻，形名未传。"这两句意思是携琴载酒寻访高士，因为喜爱松竹就流连忘返了。

〔七〕楼雉辇蛇：楼雉，指城楼与城堞。亦泛指城墙。南朝齐谢朓《和王著作融八公山》："出没眺楼雉，远近送春目。"轈，古代用竹木条做成的车。轈蛇，指车蜿蜒相连。

〔八〕朅：去。《说文·去部》："朅，去也。"春目：观美景之目，意谓美景。唐严维《游灞陵山》："四隅白云闲，一路清溪深。芳秀惬春目，高闲宜远心。"

〔九〕淑郁：谓香气浓郁。《文选·司马相如〈上林赋〉》："芬芳沤郁，酷烈淑郁。"吕延济注："淑郁已上，言香气盛也。"

〔十〕埒：本指山上的水流，《尔雅·释山》："山上有水，埒。"这里有"流淌"义。

〔十一〕惊悁：《辑注》作"惊畜"，今据萧云从原图（见顾平《萧云从》第168页）改。悁：内心牵痛。

〔十二〕左相丹青：左相，左丞相的简称。唐朱景玄《唐朝名画录》："王维字摩诘，官至尚书右丞，家于蓝田辋川，兄弟并以科名文学冠绝当时，故时称'朝廷左相笔，天下右丞诗'也。"或借指唐朝著名画家阎立本。据《旧唐书》列传第二十七："（阎）立本为性所好，欲罢不能也。及为右相，与左相姜恪对掌枢密。恪既历任将军，立功塞外；立本唯善于图画，非宰辅之器。故时人以《千字文》为语曰：'左相宣威沙漠，右相驰誉丹青。'"按：阎立本为右相，这里避下文"右军"复，有意说成"左相"。右军：王右军，即王羲之。东晋时期著名书法家，有"书圣"之称。琅琊临沂（今山东临沂）人，后迁会稽山阴（今浙江绍兴），晚年隐居剡县金庭。历任秘书郎、宁远将军、江州刺史，后为会稽内史，领右将军。

〔十三〕风期：风度品格。《晋书·习凿齿传》："其风期俊迈如此。"

〔十四〕胸蟠丘壑：指绘画、作文时，心中已把握到了深远的意境。亦比喻对事物的判断处置自有高下。唐厉霆《大有诗堂》："胸中元自有丘壑，盏里何妨对圣贤。"宋黄庭坚《豫章集·题子瞻枯木》："胸中元自有丘壑，故作老木蟠风霜。"蟠：屈曲，环绕，盘伏。

题黄山松石图

易水李君初姓奚，造墨寻松黄海栖。

南唐天子好书画，赐以国姓名庭珪[一]。

宋代丹青尚工细，此墨精华遂淹闷。

梅花和尚元季人[二]，展楮纾毫渲灵气[三]。

君不见烧松为烟烟即云，触石而生动纷霙[四]。

千锤万炼化劲铁，煎胶捣合荆麋筋[五]。

制墨之人妙选松，松精变化为云龙。

盘绕沧溟朝暮霭，三十六叶莲花峰[六]。

巨石压松成偃盖[七]，喷泉涤根几百载。

墨为黄帝鼎中丹[八]，幻出画师能志怪[九]。

题解

　　据《辑注》，此诗辑自浙江省博物馆藏萧云从《黄山松石图》。诗后题："黄山松石便是墨，非我能手莫得。七十四翁萧云从。"据此，知此诗作于1669年。

　　此诗赞美李庭珪造墨技艺高超，也描写了造墨过程的艰辛。墨属文房四宝之一，对画的品质影响很大，所以诗人用"梅花和尚元季人，展楮纾毫渲灵气""墨为黄帝鼎中丹，幻出画师能志怪"等诗句充分肯定其重要性。

注释

〔一〕庭珪：即李庭珪（生卒不详），易水（今河北易县）人。本姓奚。其祖奚鼐，善造墨，所制者面有光气，印文有"奚鼐"或"庚申"二字。唐朝末年，社会动乱，庭珪随父奚超携家至安徽歙州。因此地多松树，故定居。父子以造墨为生。奚氏造的墨坚如玉、纹如犀，其墨松烟轻，胶质好，调料匀，捶捣细。庭珪造墨技术尤高，被酷爱书画的南唐皇帝李煜任为墨务官，并赐姓李。按：元陆友所著《墨史》对此说有不同看法。

〔二〕梅花和尚：当指元代画家吴镇。吴镇（1280—1354），元嘉兴人，字仲珪，号梅花道人。性高介。不求仕进，隐于武塘，所居曰梅花庵，自署梅花庵主。工词翰，善画山水竹石，每题诗其上，时人号为三绝。与黄公望、倪瓒、王蒙为元末四大画家。有《梅花道人遗墨》。

〔三〕展楮：展开纸，指绘画。古代楮素指纸与白绢，借指文字。明胡应麟《少室山房笔丛·九流绪论中》："读王氏《论衡》，烦猥琐屑之状，溢乎楮素之间。"

〔四〕霙：雪花。《艺文类聚》卷二引《韩诗外传》："雪花曰霙。"亦指花。宋吴文英《解语花·梅花》："飞霙弄晚，荡千里暗香平远。"

〔五〕荆麋筋：长江中下游一带古代属荆楚，是我国麋鹿原产地之一。这里用"荆麋筋"形容李庭珪所制墨具有胶质好、坚如玉的特点。

〔六〕莲花峰：安徽黄山第一高峰，居三十六大峰之首。峻峭高耸，气势雄伟。因主峰突兀，小峰簇拥，俨若新莲初开，仰天怒放，故名"莲花峰"。

〔七〕偃盖：形容松树枝叶横垂，张大如伞盖之状。唐杜甫《题李尊师松树障子歌》："阴崖却承霜雪干，偃盖反走虬龙形。"

〔八〕黄帝鼎中丹：即黄帝九鼎神丹，外丹的一种，出自《黄帝九鼎神丹经》。晋葛洪《抱朴子》："按《黄帝九鼎神丹经》曰：'黄帝服之，遂以升仙。'又云：'虽呼吸道引，及服草木之药，可得延年，不免于死也；服神丹令人寿无穷已，与天地相毕，乘云驾龙，上下太清。'"

〔九〕志怪：记述怪异之事。《庄子·逍遥游》："《齐谐》者，志怪者也。"

游范罗山

罗山顶上望残春，盎盎春气喧游人。

春林葱郁张高阴，悲号鶗鴂催春心〔一〕。

深青芜绿艳膏沐〔二〕，江镜浓铺画一幅。

濯枝屈拂松千株，忽使一山俱有骨。

虚空不留指点痕，依山长啸楚天惊。

纵情流览无滞想〔三〕，静心相对澄江平。

凭江望断天为低，天光水影长参差。

江为图画天为镜，两物上下弥沦之〔四〕。

风卷颓云暮萧索，吹送归衣越罗薄〔五〕。

鸳镜鹭鼓黄昏齐〔六〕，烟绿丛中吐朱阁。

江潮渲渲细浪花，码头灯火闹浮槎〔七〕。

环如鳞瓦排蜂衙〔八〕，高低粉堞〔九〕千万家。

夕阳拥醉成俄顷，碧玉衔光照天影。

云插孤青乱远氛，江上巑巑数枝笋〔十〕。

题解

据《辑注》，此诗辑自张万选《太平三书》卷十一。另据《辑注》（第50页），此诗文字，《太平三书》与清嘉庆《芜湖县志》有多处不同，今均从后者，并酌加参校。范罗山，据清嘉庆《芜湖县志》："范罗山俗名饭萝山，在县西北五里，毗赭山西麓，近大江。"

诗人晚年曾居住芜湖范罗山。由于范罗山濒临弋水，近对长江，登临则视野开阔，心旷神怡。诗人亦非常喜爱此地之幽美清净，说："余家范罗之松，载于郡乘，晨夕相对，读书其间，可以娱老。"（见萧云从《江山胜览图卷》诗跋）此诗细致描绘其山光水色以及周边热闹的码头、繁华的市井，抒发了内心的喜悦之情。

注 释

〔一〕鹍鹕：亦作"鹍鴃"，即杜鹃鸟。《文选·张衡〈思玄赋〉》："恃己知而华予兮，鹍鹕鸣而不芳。"

〔二〕膏沐：古代妇女润发的油脂。《诗经·卫风·伯兮》："自伯之东，首如飞蓬，岂无膏沐，谁适为容？"朱熹集传："膏，所以泽发者；沐，涤首去垢也。"

〔三〕滞想：凝聚心头的想念。唐韦应物《慈恩伽蓝清会》诗："蔬食遵道侣，泊怀遗滞想。"

〔四〕弥沦：弥漫深邃貌。明徐弘祖《徐霞客游记·滇游日记十》："而南眺则浓雾弥沦，若以山脊为界，咫尺不可见。"

〔五〕越罗：越地所产的丝织品，以轻柔精致著称。唐刘禹锡《酬乐天衫酒见寄》诗："酒法众传吴米好，舞衣偏尚越罗轻。"

〔六〕鸳镜鹭鼓：鸳镜，有鸳鸯图饰的铜镜。鹭鼓，古乐器，在穿径的鼓柱上饰以翔鹭，故名。通称建鼓。《乐府诗集·郊庙歌辞六·唐五郊乐章》："笙歌簘舞属年韶，鹭鼓凫钟展时豫。"

〔七〕槎：木筏。指木船。唐韦应物《龙潭》诗："浪引浮槎依北岸，波分晓日浸东山。"

〔八〕蜂衙：群蜂早晚聚集，簇拥蜂王，如旧时官吏到上司衙门排班参见。宋陆游《青羊宫小饮赠道士》诗："微雨晴时看鹤舞，小窗幽处听蜂衙。"

〔九〕粉堞：用白垩涂刷的女墙（女墙指城墙上呈凹凸形的小墙。《释名·释宫室》："城上垣，曰睥睨……亦曰女墙，言其卑小，比之于城。"）。唐骆宾王《晚泊江镇》诗："夜乌喧粉堞，宿雁下芦洲。"清嘉庆《芜湖县志》作"粉蝶"，从《辑注》改。

〔十〕巉巉：高峻貌。宋苏辙《辛丑除日寄子瞻》诗："巉巉嵩山美，漾漾洛水碧。"

第三辑

五绝

题溪山寻径图

结伴寻径曲〔一〕，风清汲远泉。
榕荫溪水绿〔二〕，山寄白云边。

题解

据《辑注》，此诗辑自上海朵云轩拍卖公司2004年艺术品拍卖会之萧云从《溪山寻径》。诗后题："壬辰初秋，钟山萧云从。"据此，知此诗作于1652年，时萧云从57岁。

此题画诗写初秋溪山之景，绿水白云，色彩鲜明；清风榕荫，凉爽宜人。诗人远眺群山，心旷神怡。

注释

〔一〕径曲：即曲径（写成"径曲"为协平仄）。弯曲的小路。唐常建《题破山寺后禅院》诗："曲径通幽处，禅房花木深。"

〔二〕荫：遮盖，隐蔽。屈原《九歌·山鬼》："山中人兮芳杜若，饮石泉兮荫松柏。"

题深山茅屋图

茅屋挂深泉，清藏高士踪。
载寒何所事〔一〕，筑寨对千峰〔二〕。

(题)(解)

据《辑注》，此诗辑自安徽省博物馆藏萧云从《深山茅屋图》。诗后题："戊
戌秋日题。钟山老人萧云从。"据此，知此诗作于1658年，时萧云从63岁。

此诗写高士隐居深山之环境与心境。飞瀑流泉，益增清幽，而"筑寨对千
峰"一句，又使人联想起南朝梁吴均《与朱元思书》"鸢飞戾天者，望峰息心；
经纶世务者，窥谷忘反"来。

(注)(释)

〔一〕载寒：犹岁寒。《尔雅·释天》："载，岁也。"
〔二〕筑寨：修筑栅栏、篱笆。《集韵·夬韵》："柴，篱落也。或作寨。"

题江山清远图

深溪寒意足，木落见秋清〔一〕。
安得闲无事，横桥听水声〔二〕。

(题)(解)

  据《辑注》，此诗辑自天津市历史博物馆藏萧云从《江山清远图》。诗后题："庚子腊日，钟山萧云从。"据此，知此诗作于1660年，时萧云从65岁。

  此诗写于腊日。腊日在古代有广狭两义。广义泛指农历十二月的时候。狭义则指腊祭之日，为农历十二月初八。应劭《风俗通·祀典·灶神》引汉荀悦《汉纪》："南阳阴子方积恩好施，喜祀灶，腊日晨炊而灶神见。"在腊日而诗人感叹"安得闲无事"，足见其内心不平静。

(注)(释)

〔一〕木落：树叶凋落。晋左思《蜀都赋》："木落南翔，冰泮北徂。"
〔二〕横桥：古桥名。秦代建于长安附近渭水上。汉代于其两侧增建东西二桥，因又称中渭桥。唐后毁。

题秋景山水图

空亭坐廖阔，翛翛竹有声〔一〕。
闲云任舒卷，松作老龙吟〔二〕。

（题）（解）

据《辑注》，此诗辑自故宫博物院藏萧云从《秋景山水》。诗后题："七十一翁萧云从。"据此，知此诗作于1666年。

此诗写云卷云舒的悠闲是表，写松作龙吟是里。松涛阵阵如老龙长吟正是诗人内心激荡、欲有所作为的象征。

（注）（释）

〔一〕翛翛：拟声词，此处形容风吹竹林发出的声响。唐李群玉《湖中古愁三首》："凉风西海来，直渡洞庭水。翛翛木叶下，白浪连天起。"

〔二〕老龙吟：指松涛。宋陆游《题庵壁》诗："风来松度龙吟曲，雨过庭馀鸟迹书。"

题山水册页图（十首）

一

万壑漱春流[一]，飞来峰自幽。
抽琴拂瑶草[二]，五月亦深秋。

二

关塞路迢递，征人运骆驼。
秋寒天欲雪，木叶声婆娑[三]。

三

旅舍见新桐，幽人发清兴。
持藤过石磴，犹见春流映。

四

荣惠上松萝，高轩已见过[四]。
盘桓跻清汉，星斗在胸罗。

五

万里任千帆，江流无日夕。
画师脱风涛，独写空天碧。

六

鹿园有高士[五]，曾守太山东。

日观最奇处，常临湿气红。

七

四月田间乐[六]，秧针处处新[七]。

更逢晚霁后，时听牧歌声。

八

富春云出岫，万木见菁森。

惟有幽人宅，琅琅理素琴[八]。

九

携酒看梅花，临风到日斜。

巨灵留斧处[九]，片石立烟搐[十]。

十

旧别芜城去，依稀十五年[十一]。

丹青人易老，相对理残编。

題解

　　据《辑注》，此组诗辑自四川博物馆藏萧云从山水册页。诗后题："丙午夏五，谒士介年翁，复写十册呈教，弟萧云从，时年七十又一。"据此，知此组诗作于1666年。

　　这组题画诗以第一首引鲍照《芜城赋》典故起，以第十首"旧别芜城去"结，回忆当年与老友郑士介优游山水、抚琴作画、携酒看花之乐，亦抒发了人生易老的感慨。

（注）（释）

〔一〕溇：水流会合的地方，急流。

〔二〕抽琴：取下琴，意谓弹琴。南朝鲍照《芜城赋》："抽琴命操，为芜城之歌。"瑶草：神话传说中的仙草，如灵芝等，服之长生。能医治百病，是一种神奇的仙草。汉东方朔《与友人书》："相期拾瑶草，吞日月之光华，共轻举耳。"

〔三〕婆娑：形容盘旋和舞动的样子，亦可形容枝叶纷披的样子。"声婆娑"，指落叶飘落发出的声音。

〔四〕高轩：堂左右有窗的高敞的长廊。

〔五〕鹿园：即鹿野苑。南朝梁简文帝《庄严旻法师成实论义疏序》："手擎四钵，始乎鹿园之教，身卧双林，终于象喻之说。"唐王勃《梓州通泉县惠普寺碑》："鹿园曾敞，象教旁流。"

〔六〕田间：《辑注》作"日间"，疑误，今改。

〔七〕秧针：秧苗，初生的稻秧。宋赵师侠《小重山·农人以夜雨昼晴为夜春》："积水满春塍，绿波翻郁郁，露秧针。"

〔八〕素琴：不加装饰的琴。《宋书·陶潜传》："潜不解音声，而畜素琴一张，无弦，每有酒适，辄抚弄以寄其意。"《晋书·隐逸传·陶潜》："性不解音，而畜素琴一张，弦徽不具，每朋酒之会，则抚而和之曰：'但识琴中趣，何劳弦上声？'"

〔九〕巨灵：神话传说中劈开华山的河神。晋干宝《搜神记》："二华之山，本一山也，当河，河水过之，而曲行；河神巨灵，以手擘开其上，以足蹈离其下，中分为两。以利河流。"

〔十〕擂：即"揸"。"揸"有"涂抹"意，此处当是形容云烟缭绕。

〔十一〕旧别芜城去，依稀十五年：指与郑士介十五年前在扬州相识，结为好友。"芜城"指扬州。芜城本为汉广陵城的别称。在今江苏扬州市西北之蜀冈。秦汉于此置广陵县，汉为广陵国治。晋以后因竟陵王诞之乱，城邑荒芜，故曰芜城。唐李商隐《隋宫》诗："紫泉宫殿锁烟霞，欲取芜城作帝家。"

题梅花图（九首）

一

玉蕊含春恨，东风气莫□〔一〕。
高寒谁与折，数剪出云稍。

二

攀折总无心，春风若可寻。
何知出环意，银月暗相棱〔二〕。

三

窈窕自天姿，冰霜不悲欺。
华光石龛里〔三〕，随处占春期。

四

陇上芳烟重，悬枝竟玉钩〔四〕。
不因霜雪重，纤月挂帘稠。

五

阳春回大地，应见蛰龙翻〔五〕。
欲识冰鳞动〔六〕，梅花势已蟠。

六

梅在金陵古，相传自六朝。

哀江南□后〔七〕，形化连龙高〔八〕。

七

取致最幽旷，飘飘若御风。

湘神如朝佩〔九〕，相别倚墙动〔十〕。

八

盘画瞻奇干〔十一〕，芬芳结丽春。

不知明月下，相待是何人〔十二〕。

九

逸兴藏幽谷，无情避雪风。

为看回舞势，削玉自凌空〔十三〕。

题解

据《辑注》，此组诗辑自天津艺术博物馆藏萧云从梅花册页。诗后题："丙午长至前窗中梅有放者，暖气融冰，欣然握笔，既忘其老，亦不畏寒，积七八朝夕得成十纸，随记以小诗，铁岩抱恨华光恣情，一笔一墨以为丘壑，殊自得之。有披阅者，当坐我于春风中不遽去也。七十一翁萧云从。"据此，知此组诗作于1666年。

长至，即冬至。唐戎昱《谪官辰州冬至日有怀》诗："去年长至在长安，策杖曾簪獬豸冠。"题跋中"铁岩抱恨华光恣情"分别指王士誉和仲仁。王士誉（1613—1675），字令子，号笔山。明末清初山东新城人，后居东南铁山下，改号铁岩樵人。顺治八年举人。善泼墨画，有倪瓒、黄公望遗意。间作花鸟。亦工诗文，有《笔山集》《葱楚集》《毳褐集》《采篱集》等。仲仁（生卒不详），宋僧。会稽人，住衡州华光寺，号华光长老、华光道人。酷好梅花，工画墨梅。与黄庭坚交往甚密。其所撰《华光梅谱》，或称系后人伪作。

这组诗或绘梅花之姿态，或写梅花之品格，诗人与梅为友，托梅言志，集中体现了对梅花的喜爱之情。

（注）（释）

〔一〕此句缺一字。

〔二〕棱：本指物体上的条状突起，这里是月轮与梅枝相交的意思。

〔三〕华光：指仲仁出家之衡州华光寺。石龛：供奉神像或神主的小石阁。北魏郦道元《水经注·河水四》："从此南入谷七里，又届一祠，谓之'石养父母'，石龛木主存焉。"

〔四〕玉钩：玉制的挂钩，亦为挂钩的美称。这里喻新月。

〔五〕蛰龙：即蛰伏的龙。

〔六〕冰鳞：冰下的鱼。亦泛指鱼。南朝梁江淹《灯夜和殷长史》诗："冰鳞不能起，水鸟望川梁。"

〔七〕此句缺一字。

〔八〕逴龙：传说中的山名。《楚辞·大招》："北有寒山，逴龙赩只。"王逸注："逴龙，山名也。赩，赤色，无草木貌也。言北方有常寒之山，阴不见日，名曰逴龙。"一说神名。

〔九〕湘神：湘水之神。传说为舜二女。朝佩：大臣上朝时佩戴的玉饰。这里形容梅枝。

〔十〕倚墙：倾侧的危墙。《淮南子·说山训》："故沮舍之下，不可以坐；倚墙之傍，不可以立。""倚墙动"疑有误。

〔十一〕盘画：疑为"龙盘画烛"的省略语。唐李峤《烛》诗："兔月清光隐，龙盘画烛（有画饰的蜡烛）新。"此处用"龙盘画烛"形容梅花枝干屈曲盘旋的样子。

〔十二〕不知明月下，相待是何人：此二句化用明代高启《咏梅九首》中的诗句："琼姿只合在瑶台，谁向江南处处栽。雪满山中高士卧，月明林下美人来。寒依疏影萧萧竹，春掩残香漠漠苔。自去何郎无好咏，东风愁寂几回开？"

〔十三〕削玉：古诗中多用以形容美好事物。此处指梅或竹。写梅如宋释绍嵩《咏梅五十首呈史尚书》："叶气先传五岭梅，新冰削玉辟风开。花前独立无人会，一片异香天上来。"写竹如唐李贺《昌谷北园新笋四首》："箨落长竿削玉开，君看母笋是龙材。"唐秦韬玉《题竹》："削玉森森幽思清，院家高兴尚分明。"

题四季山水册页图（十首）

一

停马独思恻〔一〕，依稀在柳条。
明知春色澹，不遽上丹苕〔二〕。

二

秋气拂西崖，英豪纵车马。
遥闻云中树，宝刹千峰下〔三〕。

三

白云邈无心，青松入壑深。
停舟当夜半，寂寂动鸣琴。

四

清溪余花树，高士名方壶〔四〕。
落笔最清逸，野鹤守松区〔五〕。

五

在山喜策蹇〔六〕，远道随所之。
醉后穿松迳，居然黄大痴〔七〕。

六

梅花拂岩白，江水潋天清。

寂寂万籁里，飘来一笛声。

七

黄鹤山樵客〔八〕，携琴相与弹。

不知嘉处在，但听松风寒。

八

落日下寒林，孤村烟雾深。

征人百里远，卫子返长鸣〔九〕。

九

处士陶彭泽，停云酒益清〔十〕。

篮舆谁与异〔十一〕，诸子及门生。

十

营丘写寒林〔十二〕，世俗犹宝重。

岂以尤物移〔十三〕，令人情思动。

题解

据《辑注》，此组诗辑自清光绪定远方氏刻本《梦园书画录》卷十七《萧云从山水画册》。第八首诗后题："戊申立春，七十三翁萧云从。"第十首诗后题："七十三岁老人冬日曝于南窗，构成十幅，不知其拙也，然亦供高士雅赏，称不朽亦何逊焉。"据此，知此组诗作于1668年。

此组诗系诗人晚年之作。从其中两首诗的题记看，诗人绘画时的心情是愉悦的，对所绘册页的内容与水平也都非常满意。诗中写奇山异水之美与高人逸士之乐，正体现了诗人的生活情趣。

注释

〔一〕恻：悲伤。如恻怛、凄恻。

〔二〕丹茇：或指某种红色草本植物。茇，柴草，亦指芜菁。

〔三〕宝刹：佛寺；佛塔。南朝梁沈约《内典序》："灵仪炫日，宝刹临云。"

〔四〕方壶：指元道士方从义。方从义，元代"放逸"派画家。字无隅，号方壶、不芒道人、金门羽客、鬼谷山人，贵溪（今江西贵溪）人。上清宫道士。奉正一道。工诗文，善古隶、章草。画山水，初师董源、巨然、米芾、高克恭，极潇洒。峰峦高耸，树木槎枒，支横岭岫，舟泊莎汀，墨气冉冉，品之逸者也。

〔五〕野鹤守松区：意谓野鹤守着松树栖息。区：居处。《论衡·辩祟》："虫鱼介鳞各有区处。"

〔六〕策蹇：即策蹇驴。乘跛足驴。喻工具不利，行动迟慢。晋葛洪《抱朴子·金丹》："何异策蹇驴而追迅风……乎？"亦省作"策蹇"。唐孟浩然《唐城馆中早发寄杨使君》诗："访人留后信，策蹇赴前程。"

〔七〕黄大痴：指元代画家黄公望。黄公望（1269—1354），本名陆坚，字子久，号一峰，常熟人。后过继永嘉府平阳县（今浙江苍南县）黄氏为子，因改姓黄，名公望，别号大痴道人。擅画山水，师法董源、巨然，兼修李成之法，得赵孟頫指授。所作水墨画笔力老到，简淡深厚。又于水墨之上略施淡赭，世称"浅绛山水"。晚年以草籀笔意入画，气韵雄秀苍茫，与吴镇、倪瓒、王蒙合称"元四家"。擅书能诗，撰有《写山水诀》，为山水画创作经验之谈。存世作品有《富春山居图》《九峰雪霁图》《丹崖玉树图》《天池石壁图》等。

〔八〕黄鹤山樵客：指元代画家王蒙。王蒙（1308—1385），字叔明，号香光居士，湖州（今浙江湖州吴兴区）人。元末，弃官后隐居临平（今浙江余杭临平镇）黄鹤山，自号黄鹤山樵。明初出任泰安知州，因胡惟庸案牵累，死于狱中。王蒙能诗文，工书法，尤擅画山水，后人将其与黄公望、吴镇、倪瓒合称为"元四家"。王蒙曾隐居黄鹤山三十年，过着山野渔樵生活，因而作山水画时"万壑在胸"，善为山水"传神写照"。

〔九〕卫子：驴的别名。明王志坚《表异录·毛虫》："驴曰卫子，或言卫地多驴，故名。或言卫灵公好乘驴车。或言卫玠好乘跛驴。"

〔十〕停云：停止不动的云。晋陶潜《停云》诗："霭霭停云，濛濛时雨。"因其自序称"停云，思亲友也"故后世多用作思亲友之意。明顾大典《青衫记·梦得刺江》："乍离省闱，能无恋阙之心；远别朋侪，未免停云之想。"

〔十一〕篮舆谁与舁：此句《辑注》作"篮舆准与舁"，误，今改。篮舆：古代供人乘坐的交通工具，形制不一，一般以人力抬着行走，类似后世的轿子。《宋书·隐逸传·陶潜》："潜有脚疾，使一门生二儿举篮舆。"舁：抬、举起。

〔十二〕营丘：指宋画家李成。李成，营丘人，以山水画知名。宋陆游《舍北晚眺》诗之一："樊川诗句营丘画，尽在先生拄杖边。"

〔十三〕岂以尤物移：此句表达对李成画作极其喜爱，无论美女或珍宝都不能转移此情。尤物：指绝色美女。《左传·昭公二十八年》："夫有尤物，足以移人；苟非德义，则必有祸。"杨伯峻注："尤物，指特美之女。"亦指珍奇之物。《晋书·江统传》："高世之主，不尚尤物。"

题峻岩耸云空图

峻岩耸云空，遥观千万重。
碧树映野色，拄杖听泉淙〔一〕。

题解

据《辑注》，此诗辑自北京瀚海拍卖有限公司2007年春节拍卖会之萧云从山
水册页。诗后题："戊申夏日，为立翁老亲台削政。七十三翁云从。"据此，知此
诗作于1668年。

削政，请人指正诗文的敬辞。清魏际瑞《与子弟论文》十三："人以文字就
质于人，称曰正之。忽念政者正也，改称曰政。又念正者必须删削，乃曰削政。
又念斧斤所以削也，转曰斧政。又念善斧斤者莫如郢人，易曰郢政。且或单称
郢。"

此诗描绘了一位拄杖林泉、遥观群峰、静听流水的老者形象，其实也是流连
山水、乐在其中的诗人自己的写照。

注释

〔一〕拄杖：支撑着拐杖。宋苏轼《次韵参寥寄少游》："当年步月来幽谷，
拄杖穿云冒夕烟。"

题梅石水仙图

野老卧幽窗，寒花竟残雪。

呵冰写素真〔一〕，用作迎春帖〔二〕。

题解

据《辑注》，此诗辑自广东省博物馆藏萧云从《梅石水仙图》。诗后题："戊申冬，七十三翁云从。"据此，知此诗作于1668年。

此诗押仄声韵，属古体绝句。诗人通过在立春日呵冰绘花卉的细节，表达了对严酷环境下生命依旧充满活力的礼赞，对万物复苏的春天即将到来的欣喜。

注释

〔一〕素真：本指人的纯真本性。《孟子注疏》卷十一："人之欲善，犹水好下，迫势激跃，失其素真，是以守正性为君子，随曲折为小人者也。"此处指所绘之梅石水仙。

〔二〕春帖：又称春帖子、春端帖、春端帖子。宋制，翰林一年八节要撰作帖子词。或歌颂升平，或寓意规谏，贴于禁中门帐。于立春日撰作的帖子词，称"春帖子"。

题舟中听泉图

古木势参天，遥岑影入地[一]。
不知人世间，有此悠闲意。

题解

据《辑注》，此诗辑自佳士得香港有限公司2005年秋季拍卖会之萧云从《舟中听泉》。诗后题："庚戌长夏，见此小幅，偶学八分，云从再题。"据此，知此诗作于1670年，时萧云从75岁。

此诗押仄声韵，属古体绝句。诗人抒发了在盛夏时见自己旧作的欣喜之情。参天古木，带来清凉世界，此时舟中听泉，的确是人世间难得的悠闲。

注释

〔一〕遥岑：远处陡峭的小山崖。明刘基《题画山水》诗："澹澹轻烟幂半林，涓涓飞瀑泻遥岑。"

题秋山图

秋老山客瘦[一]，霜诱木叶丹[二]。

林深人语寂，幽鸟共流湍。

题解

据《辑注》，此诗辑自西泠印社2006年春季艺术品拍卖会之萧云从《秋山图》。诗后题："云从。"

此诗写寂静中充满生机的深秋景色，红叶飘飞，飞鸟盘旋，并无萧瑟之气。诗中的山客，应该就是诗人自己老而弥坚的形象。

注释

〔一〕山客：居住在山中的人，亦指隐士。晋葛洪《抱朴子·正郭》："结踪山客，离群独往。"

〔二〕木叶：特指秋天的落叶。屈原《九歌·湘夫人》："帝子降兮北渚，目眇眇兮愁予；袅袅兮秋风，洞庭波兮木叶下。"

题春永共寻欢图

春永共寻欢[一]，灵禽振羽翰[二]。

梅花香扑地，点缀野人冠。

题解

据《辑注》，此诗辑自英国克利夫兰博物馆藏萧云从《春永共寻欢》。

梅花本为诗人至爱之物，点缀于冠，令人联想起杜牧"尘世难逢开口笑，菊花须插满头归"的旷达；而"灵禽振羽翰"无疑又蕴含不辜负大好春光，有所作为的意思。故此诗并非仅仅抒发对生机勃发的春天的喜爱之情。

注释

〔一〕春永：指春光绵长。唐徐铉《奉和宫傅相公怀旧见寄四十韵》："每愧陋容劳刻画，长惭顽石费雕镌。晨趋纶掖吟春永，夕会精庐待月圆。"

〔二〕羽翰：长而坚硬的羽毛。唐孟郊《出门行》之二："参辰出没不相待，我欲横天无羽翰。"

题 扇 面

拳石倚长江〔一〕，临秋益修瑟〔二〕。
谁人居此中，揽雨波光碧。

题解

据《辑注》，此诗辑自浙江省博物馆藏萧云从扇面山水。诗后题："为君牧词翁教，萧云从。"

此诗押仄声韵，属古体绝句。江边有山石本平淡无奇，一般人对秋雨也总难免起"愁煞人"之叹，但是却有人在绵绵秋雨中"揽"之，顿生奇妙。是把雨拉到自己身上来，还是用手在雨中招摇？这些都不重要，重要的是"临秋"的心情。

注释

〔一〕拳石：通常指园林假山，这里指玲珑的山石。

〔二〕修瑟：修，原指干肉，引申作干枯。《吕氏春秋·辩土》："寒则雕，热则修。"此处是形容拳石嶙峋之状。

题日落寒山图

日落寒山静，轻霜雪绛新〔一〕。
溪流抱桥去〔二〕，怡人似酒清。

题解

据《辑注》，此诗辑自英国克利夫兰博物馆藏萧云从《日落寒山》。

此诗描绘的景象犹如童话中的仙境。虽然自然节气已入深秋，气候转凉，白露为霜，但是日暮时分，夕阳映照下的山岭披红戴白，格外艳丽。诗人心情愉悦，以至于眼中的溪水也恍若美酒，令人陶醉。

注释

〔一〕绛：本义是大红色。《说文》："绛，大赤也。"
〔二〕抱桥：形容溪流先冲击而后绕过桥墩继续奔流而下的情景。

仿古山水题诗（十二首）

一

尝羡郭河阳〔一〕，寒烟自擅长。
迄今江上树，犹见碧琳琅。

二

红日千海炤，书斋九点烟〔二〕。
山樵遗法在〔三〕，观者着先鞭。

三

淡冶看秋气，优游漫引车。
秋风惬人意，□醉证天如〔四〕。

四

中立隐苛岗，笨鱼碧玉潭。
霜空含月色，芦叶响相参〔五〕。

五

见险能回驾，旅车任四流。
函关春色近，唯复引青牛〔六〕。

六

白鹿驯千年，采蘋春沼边〔七〕。

呼朋一共食，嘉事绍龙暝〔八〕。

七

道人欲何往，执桃入山深。

不必梅花坞〔九〕，春风数点金。

八

飘渺不可就，低回别有心。

此中复何似，石上一横琴。

九

竹里逢高士，尝烹雨后泉。

清琴谁得解〔十〕，一鹤白云边。

十

山行不寂莫，秋气日蒙茸〔十一〕。

益寿惟烟水，遐龄想一峰〔十二〕。

十一

老去复何慕，贪看雪里梅。

幽严春未到，已见数枝开〔十三〕。

十二

米颠尝泼墨〔十四〕，豪气未能除。

何似虎儿意〔十五〕，秋烟任卷舒。

据《辑注》，此组诗辑自上海博物馆藏萧云从仿古山水十二开册页。作年不详。

这组题画诗集中反映了诗人的绘画美学思想和生活情趣追求。诗中提到的郭熙、王蒙、李公麟和黄公望等历史上著名画家多为高雅之士，与诗人有相同的艺术追求和人生态度。

（注）（释）

〔一〕郭河阳：即郭熙，北宋杰出画家，字淳夫，河阳温县（今河南孟州）人，世称"郭河阳"。熙宁年间为御画院艺学，官至翰林待制。擅长山水，著有画论《林泉高致》。

〔二〕红日千海焰，书斋九点烟：这两句意谓红日照耀下的大海在画纸上只有一小块面积。焰：明显。这里指明亮。九点烟：唐李贺《梦天》诗云："遥望齐州九点烟，一泓海水杯中泻。"

〔三〕山樵：指元画家王蒙。详见《题四季山水册页图》注释〔八〕。

〔四〕□醉证天如：此句缺一字。天如，或指元代天如禅师释惟则。释惟则（约1280-1350），号天如，俗姓谭，江西省莲花县坪里乡桃岭村人，元代高僧、园艺家。他倡导禅净双修，为开宗立派的大师。辟苏州名园狮子林，为第一任园主，善诗，著有《师子林别录》《天如集》《高僧摘要》等。

〔五〕参：相间，夹杂。如参杂、参半。

〔六〕青牛：传说老子出关之坐骑。一说青牛乃上古瑞兽"兕"，外貌像牛。

〔七〕春沼：春天的池塘。

〔八〕绍：继承，接续。龙眠：即龙眠，宋代著名画家李公麟的别号。李公麟（1049—1106），北宋著名画家，字伯时，号龙眠居士，舒州（今安徽舒城人）。神宗熙宁三年进士。传世作品有《五马图》《维摩诘图》等。宋苏轼《题阳关图》诗："龙眠独识殷勤处，画出阳关意外声。"清孙承泽《庚子销夏记》卷一："《卧雪图》为龙眠有名之迹，一伧父自故内得之，以上有'龙眠'印，不知'瞑'即古眠字也。"

〔九〕梅花坞：地名，在江苏省宜兴市东南三十里。以盛植梅花著名。唐陆希声有《梅花坞》诗："冻蕊凝香色艳新，小山深坞伴幽人。知君有意凌寒色，羞共千花一样春。"

〔十〕清琴：音调清雅的琴。晋陶渊明《时运·斯晨斯夕》："斯晨斯夕，言息其庐。花药分列，林竹翳如。清琴横床，浊酒半壶。黄唐莫逮，慨独在余。"

〔十一〕蒙茸：蓬松、杂乱的样子。

〔十二〕遐龄：老年人高寿的敬语，以知命为遐龄。《魏书·常景传》："君当致身高位，安享遐龄。"一峰，指黄公望。黄公望（1269—1354），元常熟人，一作富阳人，字子久，号一峰，又号大痴、井西老人。传世之画以《富春山居图》最著名。因黄公望高寿，故萧云从说"益寿惟烟水"。

〔十三〕幽严春未到，已见数枝开：化用唐代齐己《早梅》诗句："万木冻欲折，孤根暖独回。前村深雪里，昨夜一枝开。风递幽香出，禽窥素艳来。明年如应律，先发望春台。"

〔十四〕米颠：即米芾。米芾（1051—1107），初名黻，字元章，号襄阳漫士、海岳外史等。世居太原（今山西太原），后迁襄阳（今湖北襄阳），定居润州（今江苏镇江），初仕校书郎，徽宗召为书画学博士，曾官礼部员外郎，人称米南宫。因举止颠狂，又称"米颠"。能诗文，擅书画。精鉴别，行、草书得力于王献之，用笔俊迈，有"风樯阵马，沉着痛快"之评，与蔡襄、苏轼、黄庭坚，合称"宋四家"。他既是诗人、书法家，又是画家。

〔十五〕虎儿：指米友仁。米友仁（1086—1165）米芾长子，字元晖，一名尹仁，自称懒拙老人，小名寅哥、鳌儿，黄庭坚戏称"虎儿"，人称"小米"。早年即以书画知名，徽宗宣和四年（1122），应选入掌书记，南渡后，官兵部侍郎、敷文直阁学士。

仿古论画山水册页题诗（七首）

一

最是南宗画[一]，无如北苑深[二]。
此中堪避暑，翘足听松音。

二

道人耆米汁[三]，摇橹过鸳湖[四]。
乘醉点苍雾，梅花落若无。

三

闲忆米颠画，每因雨后知。
寒烟反灏荡，溪壑回春姿[五]。

四

琴罢不因事，屐移不趁闲。
双鸳乱人意，忽尔自低鬟[六]。

五

垂钓趁浮槎[七]，长空卷素霞。
不看岩下雪，翻咏树间花。

六

竹里藏高士，寻来王右军〔八〕。

虽然不相见，绿影自纷纷。

七

日观瞻青漪〔九〕，春深骤锦风〔十〕。

投鞭还上谷〔十一〕，买醉入新丰〔十二〕。

题解

据《辑注》，此组诗辑自南京图书馆藏《穰梨馆过眼续录》卷十三。第一首后题："夏至感作。"第二首后题："梅花五点全是仲圭画法，缘以为号。"第三首后题："实有其景，诗画自见米老，亦尝道过此事，未许肤浅人领略。"第四首后题："纪往事为写意也。"第五首后题："嘲诗意之颠倒也，亦本江湖散人之意。"第六首后题："画此以反厥事，孙宝云士无贵乎自高如逸少，可以见矣。"第七首后题："王鹿园有此图，未详所出，偶临之。"

这组题画诗亦集中反映了诗人的绘画美学思想和生活情趣追求。如第五首题记中的"江湖散人"就是诗人崇仰的代表性人物。"江湖散人"即唐朝诗人陆龟蒙（？—881），长洲（今江苏吴县）人。举进士不第，往从张抟，历湖、苏二郡从事。后隐居松江甫里，多所论撰，时谓江湖散人，或号天随子、甫里先生。其人生遭遇与态度恰与作者仿佛。

注释

〔一〕南宗画：对"北宗画"而言。明代画家董其昌倡山水画"南北宗"之说，本于禅宗分"南顿""北渐"之义。"南宗画"即文人画。一般认为王维是南宗画派的创始人。

〔二〕北苑：指南唐画家董源。他累官至北苑使，后称之为董北苑。宋沈括《梦溪笔谈·书画》："江南中主时，有北苑使董源善画，尤工秋岚远景，多写江南真山，不为奇峭之笔。"

〔三〕道人：指元画家吴镇。耆：古同"嗜"，爱好。此诗写元画家吴镇轶事与绘画艺术。吴镇（1280—1354），元嘉兴人，字仲圭，号梅花道人。性高介。不求仕进，隐于武塘，所居曰梅花庵，自署梅花庵主。工词翰，善画山水竹石，每题诗其上，时人号为三绝。与黄公望、倪瓒、王蒙为元末四大画家。有《梅花道人遗墨》。

〔四〕鸳湖：鸳鸯湖，即南湖。在浙江嘉兴西南。汇长水塘诸水成湖。湖中有烟雨楼、钓鳌矶、鱼乐国诸名胜。

〔五〕此诗写米芾、米友仁父子所独创的山水画法"米点皴"，它是用饱含水墨的横点，密集点山，泼墨、破墨、积墨并用，最能表现江南山水间晨初雨后之云雾变幻、烟树迷茫的景象。

〔六〕低鬟：犹低首，低头。用以形容美女娇羞之态。唐刘禹锡《伤秦姝行》："芳筵银烛一相见，浅笑低鬟初目成。"

〔七〕楂：木筏。《集韵·麻韵》："楂，水中浮木。"

〔八〕王右军：即王羲之。

〔九〕青漵：青色的湖水。漵，湖汊。今湖北武汉有豸子漵。

〔十〕锦风：犹好风。锦，鲜明美丽。

〔十一〕上谷：上谷郡。一为战国燕置。秦治所在沮阳县（今河北怀来县东南）。一为隋大业初改易州置，治所在易县（今河北易县）。《寰宇记》卷六十七易州：上谷郡"遥取汉上谷以为名"。

〔十二〕新丰：镇名。在今江苏镇江丹徒区，产名酒。诗文中用以泛指美酒产地。南朝梁武帝《登江州百花亭怀荆楚》诗："试酌新丰酒，遥劝阳台人。"唐李白《叙旧赠江阳宰陆调》诗："多酤新丰醁，满载剡溪船。"

题寂壁对空山图

铿车听流水〔一〕，寂壁对空山。
所得幽人意〔二〕，鸣琴尽日间。

题解

据《辑注》，此诗辑自佳士得香港拍卖有限公司2003年春季拍卖会萧云从设色山水册页。诗后题："萧云从。"

此诗写隐士生活，无论是游山听泉，还是镇日抚琴，其内心都是充实丰盈的。这正是诗人理想的境界。

注释

〔一〕铿车：铿是象声词，指车马行驶发出的声音。铿车即行进中的车辆。
〔二〕幽人：幽隐之人，隐士。《后汉书·逸民传序》："光武侧席幽人，求之若不及。"

第四辑

七
绝

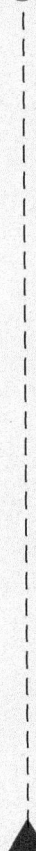

题春山烟霭图（三首）

一

痴翁惯识山中事〔一〕，访道明图写出精。

策杖林泉谁作伴，萧然物外转多情。

二

陡壑遥临百尺楼，西风吹送满林秋。

疏钟远化泉流急〔二〕，尽属山樵笔底收〔三〕。

三

松高树山起凉风〔四〕，无限清流一棹通〔五〕。

静对云山尘不到，笔端潇洒美髯翁〔六〕。

题解

据《辑注》，此组诗辑自上海晟安拍卖公司拍卖之萧云从立轴纸本山水《春山烟霭》。《春山烟霭图》共三幅。萧云从于各幅分别题："山静访道，黄大痴本。""陡壑鸣泉，黄鹤山樵本。""松风水树，文太史本。"诗后题："崇祯己卯后避金陵，写清凉山冶识山馆遣兴作此，萧云从。"据此，知这组诗作于1639年，时萧云从44岁，科举失利。

这组诗既为诗人科举失利后所写，且所写皆萧云从景仰的淡泊名利的画家名士，故其立意已不言自明。策杖林泉，静对云山，才是诗人向往的潇洒人生。

注释

〔一〕痴翁：即第一幅题跋之"黄大痴"，指元代画家黄公望。黄公望曾任小吏，弃官后一度以卖卜为生。后参加全真教，更加看破红尘，长期浪迹山川。

〔二〕远化：《辑注》作"远花"，"花"在此处不合平仄，今改为"化"。

〔三〕山樵：元末画家王蒙（1308—1385），字叔明，因隐居黄鹤山，号黄鹤山樵。

〔四〕树山：疑误，不合平仄且与第三句"云山"重。存疑。

〔五〕无限清流一棹通：《辑注》此句作"无限清流一棹还"，不合韵，疑排字有误，今改为"通"。

〔六〕美髯翁：指文太史即文徵明。文徵明尝官翰林院待诏，明清"太史"为翰林之俗称。文徵明（1470—1559），原名壁（或作璧），字徵明。四十二岁起，以字行，更字徵仲。因先世衡山人，故号"衡山居士"，世称"文衡山"。长州（今江苏苏州）人，明代画家、书法家、文学家。因官至翰林待诏，私谥贞献先生，故称"文待诏""文贞献"。为人谦和而耿介，宁王朱宸濠因仰慕他的贤德而聘请他，文徵明托病不前往。正德末年因为岁贡生荐试吏部，授翰林待诏。他不事权贵，尤不肯为藩王、中官作画，任官不久便辞官归乡。著有《甫田集》。

题秋山访友图

秋风谡谡水潺潺^{〔一〕}，曳杖闲行意坦然。
应访石桥东畔去，友人茅屋竹林边^{〔二〕}。

（题）（解）

据《辑注》，此诗辑自王石城《萧云从》（上海人民美术出版社1979年版，第14页）。

此诗王石城认为作于崇祯十五年（1642）。是年诗人科举再次失利。此诗写寻访"茅屋竹林"里的友人以及"坦然"的心情，表明诗人不以科场失利为意。

（注）（释）

〔一〕谡谡：象声词。形容风声呼呼作响。《初学记》卷三引晋陆机《感时赋》："寒冽冽而寖兴，风谡谡而妄作。"

〔二〕友人茅屋竹林边：以友人居于竹林茅屋，暗寓友人具有超凡脱俗的品格。

题秋窗松风图

秋窗静坐菊花开，细雨重阳酌酒回〔一〕。
此日松风游路冷，凌歊台上慨烟霾〔二〕。

题解

据《辑注》，此诗辑自《陶风楼藏书画目》。诗后题："癸未九月未赴登山之约，次晨则□□逼人，遂有良时难再之叹。作此图以致足下也。似频宣社兄教。萧云从。"据此，知此诗作于1643年，时萧云从48岁。

此诗表面上是因重阳节未能与友人登高赏菊，只好为之作画而写，实际上诗人另有怀抱寄托。题跋中感叹"良时难再"，诗中写凌歊台上满目烟霾，无不隐含对风雨飘摇的大明王朝命运的担忧。

注释

〔一〕细雨重阳酌酒回：《辑注》将此句中"重阳"误植为"重阻"，今据此诗题跋"九月未赴登山之约"改。

〔二〕凌歊台：又作陵歊台，位于今安徽省当涂县城关镇，在黄山塔南。相传为南朝宋武帝刘裕所建，南朝宋孝武帝刘骏筑避暑离宫于其上。据《太平府志》记载：黄山在郡治北五里，高四十丈，山如初月形。上有宋孝武避暑离宫及凌歊台遗址。

题秋山霜霁图

一林霜叶可怜红〔一〕，半入虚中半雾中。

冷艳足为秋点染，从来多事是西风〔二〕。

题解

据《辑注》，此诗辑自萧云从《秋山霜霁图》（一名《霜林秋嶂图》）。史金城《鲁连蹈海，典属还家》一文认为作于1645年，时萧云从50岁，但广东省博物馆收藏的此画上并无时间，故暂系是年，俟考。

此诗前两句勾勒了霜叶的动人身姿，后两句用比拟的手法说冷艳的霜林炫红耀眼，正是好事的西风造成的。诗人笔下的秋充满生机，对西风似贬实褒，表现了难得的愉悦心情。

注释

〔一〕可怜：可爱。唐杜甫《韦讽录事宅观曹将军画马图歌》："可怜九马争神骏，顾视清高气深稳。"

〔二〕冷艳足为秋点染，从来多事是西风：后来清赵翼《野步》诗云"最是秋风管闲事，红他枫叶白人头"，乃化用萧云从此句。

题幽谷村居图

放浪风荃又一年，烟光相炤见春妍〔一〕。
老来诗画随时健，不愧吴门沈石田〔二〕。

（题）（解）

据《辑注》，此诗辑自沈阳博物院藏萧云从《幽谷村居图》。诗后题："己丑
十一月廿日，□□仁兄命余作画，时已三更，宾立无倦怠，阁笔则有词，跳石先
生拈之，以为白石翁也，遂俨然为诗。萧云从。"据此，知此诗作于1649年，时
萧云从54岁。

此诗赞沈周"老来诗画随时健"，实际上是以此自况。诗人写幽谷村居，明
媚春光，表现了难得的愉悦之情。

（注）（释）

〔一〕炤，这里是"照"的意思。《荀子·天论》："列星随旋，日月递炤。"
〔二〕沈石田：沈周（1427—1509），字启南，号石田、白石翁、玉田生、有
竹居主人等，明朝画家，吴门画派的创始人，明四家之一。

为跳石道兄题扇诗

欢饮春宵尽烛光，丹青犹见树苍茫。

茅檐住得乾坤老，松引龙麟竹引凰[一]。

题解

据《辑注》，此诗辑自上海美术出版社 1959 年版《明清扇面选》之萧云从《松竹茅檐》。诗后题："庚寅二月廿五夜饮，跳石道兄出旧所画，感而题教，弟萧云从。"据此，知此诗作于 1650 年，时萧云从 55 岁。

此诗写与友人饮酒赏画之乐。诗人隐居的山中茅檐，松竹环列，环境清雅；友人则似龙麟凤凰，品行才华出众。如此"良辰美景，赏心乐事"，因此诗人愿意终老其间。

注释

〔一〕龙麟：龙和麒麟。晋葛洪《抱朴子·行品》："若令士之易别，如鹪鹩之与鸿鹄，狐兔之与龙麟者，则四凶不得官于尧朝，管蔡不得几危宗周。"凤凰，亦作"凤皇"，古代传说中的百鸟之王。雄的名"凤"，雌的名"凰"，总称为凤凰，亦称为丹鸟、火鸟、鹍鸡、威凤等。常用来象征祥瑞，凤凰齐飞，是吉祥和谐的象征。

题山居图

读书畴昔在西山，塞雨边云入梦还〔一〕。

此际欲酬千里意，好携藤柱万峰间〔二〕。

题解

据《辑注》，此诗辑自中国嘉德拍卖公司拍卖之萧云从《山居图》。诗后题："乙未夏五，为山翁老先生教。欧湖萧云从。"据此，知此诗作于1655年，时萧云从60岁。

此诗"塞雨边云入梦还"一句，令人联想起陆游"铁马冰河入梦来"诗。因此，诗中"欲酬千里意"的"意"，不是归隐，而是"烈士暮年，壮心不已"。

注释

〔一〕塞雨边云：指边塞风光。清方浚师《蕉轩续录》卷五："从叔芸圃先生谓先世父天山之役，塞雨边云，弥增奇气。"

〔二〕藤柱：指藤制手杖。"柱"有"拄持"义。

题洗砚图

笔墨之耕倩石田〔一〕，洮泓冷碧积寒烟〔二〕。

先生自爱春流水，池上融冰写太玄〔三〕。

题解

据《辑注》，此诗辑自佳士得香港有限公司2007年秋季拍卖会之萧云从《洗砚图》。诗后题："沂梦先生以纸索画，随手应教，不足观也。丁酉七月十七日题于西庐，萧云从。"知此诗乃赠友人方沂梦，时萧云从62岁。

清乾隆《太平府志》卷二十九："方兆曾，字沂梦，号省斋。其先世新安莫考，兆曾移避地。"另据黄钺《壹斋集·画友录》记载：方兆曾，字沂梦，号省斋，先世歙人，寓芜湖。少为萧云从所称赏。工画，尝自题云："几时不作画，握管如握棘。舒此尺余茧，往往穷日力。"又云："昔者方壶翁，笔墨有余乐。至今三百年，后起殊落落。"著有《古今四略》四卷，诗三卷，时藏于芜湖萧璟家，未刊行。

此诗写与友人有共同爱好之乐。表现了与友人隐逸山林、习艺参道的高雅情趣。

注释

〔一〕石田：沈周（1427—1509），字启南，号石田、白石翁、玉田生、有竹居主人等，明朝画家。

〔二〕洮泓：洮，指洮砚，名砚之一种。泓，《汉语大字典》："泓，砚池的别称。"宋文同《谢杨侍读惠端溪紫石砚》："贵价市珍煤，风前试寒泓。"

〔三〕太玄：《太玄经》，古代哲学著作。汉代扬雄撰，也称《扬子太玄经》，简称《太玄》《玄经》。扬雄将源于老子之道的玄作为最高范畴，并在构筑宇宙生成图式、探索事物发展规律时，以玄为中心思想。

题秋林野水明图（四首）

一

一番海阔天空处，清境凡尘哪得知[一]？
借问年年寻乐者，逢秋游览几多时。

二

碧天无际雨初晴，一片秋林野水明。
独有幽人茅屋里[二]，又看山上白云生。

三

松阴径小夕阳微，消尽茶烟鹤未归。
知我候门无稚子[三]，风来自为掩柴扉。

四

寻幽寂寂到山家[四]，茅屋无多傍水涯。
柳外扣门人不见，一溪微雨湿松花。

题解

据《辑注》，此组诗辑自顾平著《萧云从》。按：《辑注》（第49页）与顾平《萧云从》（第147页）均将此诗连排，其实系四首七绝。据顾平注，此组诗1658

年作，时萧云从63岁。

这组诗写山林隐逸之乐。虽然所居是茅屋柴扉，但是拥有碧天白云、松林清溪的自然环境，可以品茗焚香、游山玩水，自有凡尘中人无法得到的真趣。

注释

〔一〕清境：清冷之境。唐许浑《将归》："藤花深洞水，槲叶满山风。清境不能住，朝朝惭远公。"

〔二〕幽人：幽隐之人，隐士。《后汉书·逸民传序》："光武侧席幽人，求之若不及。"

〔三〕候门：《辑注》作"侯门"，误，今改（顾平《萧云从》所载此诗亦作"候门"）。此句语出陶渊明《归去来兮辞》："僮仆欢迎，稚子候门。三径就荒，松菊犹存。"

〔四〕寂寂：犹悄悄。唐孟郊《与王二十一员外涯游昭成寺》诗："洛友寂寂约，省骑霏霏尘。"

题寿玉堂山水图

岩顶云时百尺深，琴声到处动潜龙〔一〕。
桃花潭水萝尖叶〔二〕，紫雾铛飜碧玉醴〔三〕。

题解

据《辑注》，此诗辑自辽宁省博物馆藏萧云从《寿玉堂山水》。诗后题："壬寅夏初，祝玉堂亲翁大寿。萧云从。"据此，知诗作于1662年，时萧云从67岁。

此诗为亲翁即亲家公玉堂祝寿而作。内容写所赠画有关，但也有所寄托。诗人以"桃花潭水"表明两亲家交好情深，以"潜龙在渊"寓有所作为之意。

注释

〔一〕潜龙：《周易》："上经初九：潜龙，勿用。九四：或跃在渊，无咎。"
〔二〕萝：指某些蔓生植物。
〔三〕醴：通"浓"。飜：同"翻"。此句写潭水清碧。

题松荫茅屋图

空山尽日坐松荫，岕茶激泉味自深[一]。
茅屋书声风稷稷[二]，依稀相和有秋琴。

题解

据《辑注》，此诗辑自安徽省博物馆藏萧云从《松荫茅屋图》。诗后题："癸卯春，为君牧词兄教。钟山萧云从。"据此，知诗作于1663年，时萧云从68岁。

此诗写自得其乐的隐逸生活。诗人品茗读书抚琴，与天籁相和，精神世界优游于尘世之外，生命因此充实而有光辉。

注释

〔一〕岕茶：茶名。产于浙江省长兴县境内的罗岕山，故名。为茶中上品。明袁宏道《龙井》："岕茶叶粗大，真者每斤至二千余钱。"

〔二〕稷稷：形容盛多，繁茂。《素问·宝命全形论》："见其乌乌，见其稷稷，从见其飞，不知其谁。"张景岳注："稷稷，言气盛如稷之繁也。"这里形容风声较大。又，《题秋山访友图》用"谡谡"写风声。

题梅竹双清图

知君蹑冻为寻梅[一]，风拍高枝未一开。
却笑老夫寒澈骨，研冰写赠几冰薹[二]。

题解

据《辑注》，此诗辑自佳士得香港有限公司1997年秋季拍卖会之萧云从《梅竹双清》。诗后题："乙巳十一月二十六日，云从。"据此，知诗作于1665年，时萧云从70岁。

此诗写与友人有共同的生活情趣，以自嘲的口吻表现了两人之间"君子之交"深厚的情谊。

注释

〔一〕蹑冻：踏着未融化的冰雪行路。唐李洞《河阳道中》诗："冲风仍蹑冻，提挈手频呵。"
〔二〕冰薹：薹系多年生草本植物，生于水田，叶扁平而长，可制蓑衣。也指蒜、韭、油菜等长出的花茎，嫩的可作蔬菜食用。此处或是作者以幽默口吻说梅枝竹叶皆结冰如薹了。

题停琴共话图

玉露涵秋茗圹深^{〔一〕}，清溪拂草趁闲心。
停琴共话商山乐^{〔二〕}，转得松风万壑吟。

题解

据《辑注》，此诗辑自上海博物馆藏萧云从《停琴共话图》。诗后题："七十翁萧云从。"据此，知诗作于 1665 年。

此诗写与友人抚琴闲谈之乐。诗人此时已到晚年，故借"商山四皓"的典故表达不予世事的心情。

注释

〔一〕圹：菜畦。《玉篇·土部》："圹，壠也。"宋穆修《秋浦会遇》："芜菁秀出壠。"壠即菜畦。这里指茶园。

〔二〕商山：山名。在今陕西商县东。传说秦代四位博士因避秦始皇焚书坑儒的暴政而隐居此山。汉高祖十二年，四位老人受张良邀请前往长安，扶助太子刘盈，使其免于被废，从此被称为"商山四皓"。商山和四皓也成为中国隐逸文化的象征。

题野竹杂古梅图

野竹参差杂古梅，玲珑片石护玄苔。

春风间处漫相识〔一〕，想梦携藤得得来〔二〕。

题解

据《辑注》，此诗辑自佳士得香港有限公司2008年秋季拍卖会之萧云从《三清图卷》。诗后题："丙午二月十一日才见白梅大放，可为迟矣。老人无事，日以寻花评竹为春光不虚度自娱，故采诗画盈轴，不顾其笑我否也。钟山萧云从，时年七十一。"据此，知诗作于1666年。

此诗写春天见庭院"白梅大放"的喜悦。诗人晚年步行不便，故对游览山水之事虽然兴致不减，但是只能"昼想夜梦"聊以慰藉。

注释

〔一〕漫：没有限制，没有约束，随意。唐杜甫《闻官军收河南河北》："却看妻子愁何在，漫卷诗书喜欲狂。"

〔二〕想梦：昼想夜梦。《列子·天瑞篇》："故神凝者想梦自消。"得得：象声词。多形容马蹄声。清黄景仁《道中秋分》诗："瘦马羸童行得得，高原古木听空空。"亦作"特特"。宋岳飞《池州翠微亭》："经年尘土满征衣，特特寻芳上翠微。好水好山看不足，马蹄催趁月明归。"

题松荫温旧图

藏书万卷在深山，时课儿孙未得闲〔一〕。

好起松陵温旧集〔二〕，榎林枝上听訚訚〔三〕。

题解

据《辑注》，此诗辑自安徽省博物馆藏萧云从《松荫温旧图》。诗后题："丙午秋，为十老词兄教。七十一翁萧云从。"据此，知诗作于1666年。

此诗与画写赠友人，表现的是长辈教儿孙辈读书的天伦之乐。把枝头鸟鸣声形容为人在一起热闹的说话讨论声，反映了诗人亦视此为生活的乐趣。

注释

〔一〕课：教书讲学或攻读学习。如课徒，课读。

〔二〕松陵：据此诗是题《松荫温旧图》，或当作"松荫"。

〔三〕榎：木名，即榉柳。訚訚：说话和悦而又能辨明是非之貌。《论语·乡党》："朝，与下大夫言，侃侃如也；与上大夫言，訚訚如也。"朱熹集注："訚訚，和悦而诤也。"这里是以拟人手法写鸟鸣。

题舟中听泉图

溪上遥闻精舍钟[一]，隔江如黛映晴空。

舟中坐听松泉响，消尽炎天兴转浓[二]。

题解

据《辑注》，此诗辑自佳士得香港有限公司2005年秋季拍卖会之藏萧云从《舟中听泉》。诗后题："七十二翁萧云从。"据此，知诗作于1667年。

此诗写在炎热的夏天因为遥闻佛寺钟声及山泉流水声，而内心获得清静，人也忘记暑热的烦恼。俗云"心静自然凉"，人的修为功夫关乎快乐与否。

注释

〔一〕精舍：道士、僧人修炼居住之所。唐白居易《香山寺新修经藏堂记》："寺有佛像，有僧徒，而无经典。寂寥精舍，不闻法音，三宝阙一，我愿未满。"亦指精致的房舍。《醒世恒言·灌园叟晚逢仙女》："堂后精舍数间，卧室在内。"

〔二〕炎天：夏天，指炎热的天气。南朝宋颜延之《夏夜呈从兄散骑车长沙》诗："炎天方埃郁，暑晏阕尘纷。"

题冬日烘门画

冬日烘门画始开〔一〕，乌皮拂净绝尘埃〔二〕。
梅花又放亭前树，香透簷牙自惬怀〔三〕。

题解

据《辑注》，此诗辑自英国克利夫兰博物馆藏萧云从《冬日烘门画》。诗后题："戊申十月，七十三翁萧云从。"据此，知诗作于1668年。

此诗形象地告诉我们，快乐有时非常简单。即使是严寒的冬天，年老的诗人也未停顿读书作画这些喜爱做的事，而眼前梅花绽放即令诗人满心欢喜。

注释

〔一〕冬日烘门：谓冬天太阳映照屋门。清王士禛《池北偶谈·谈艺一》："斗帐殷勤白苎裁，使君亲自写诗来。孤山处士朝眠稳，朝日烘门懒未开。"

〔二〕乌皮：乌皮几，乌羔皮裹饰的小几案。古人坐时用以靠身。南朝齐谢朓有《同咏座上玩器乌皮隐几》。唐杜甫《寄刘峡州伯华使君四十韵》："凭久乌皮拆，簪稀白帽稜。"

〔三〕簷牙：簷是檐的异体字。簷牙即檐际翘出如牙的部分。唐杜牧《阿房宫赋》："廊腰缦回，檐牙高啄。"

题梅竹图

乱竹飞花雨水天，阴森飒飒出寒烟。

怀春既是悲秋客〔一〕，不怜幽芳万古传〔二〕。

题解

据《辑注》，此诗辑自北京进出口公司藏萧云从《梅竹图》。此诗后题："戊申，雨雾。七十三翁云从题。"据此，知诗作于1668年。

此诗写竹与梅在"雨水寒烟"的阴森、恶劣环境下饱受摧残而顽强生存的形象，热烈赞扬梅竹的"幽芳"一定会万古流传；同时指出，这不是一般的多愁善感的人能够理解的。

注释

〔一〕悲秋客：语出宋程颢《题淮南寺》诗："南去北来休便休，白蘋吹尽楚江秋。道人不是悲秋客，一任晚山相对愁。"怀春悲秋意谓多愁善感。

〔二〕不怜：不明白。怜（读音同"领"）：明白。《集韵·迥韵》："怜，憭也。"憭：明了，清楚。

题石磴摊书图

摊书石磴意逍遥〔一〕，松下时听燕语娇。
山涧不知昨夜雨，瀑飞如练出丹霄〔二〕。

题解

据《辑注》，此诗辑自北京荣宝斋藏萧云从《石磴摊书图》。诗后题："己酉初夏，七十四翁云从。"据此，知诗作于1669年。

此诗写山中雨后快乐心境。雨后天空绚丽，鸟鸣悦耳，瀑飞如练，在如此美丽的自然环境中倚石读书不亦快哉。

注释

〔一〕摊书：摊开书本，谓读书。唐杜甫《又示宗武》诗："觅句知新律，摊书解满床。"
〔二〕丹霄：谓绚丽的天空。唐李白《门有车马客行》诗："谓从丹霄落，乃是故乡亲。"

题画赠渊公

秋华揽尽日幽闲〔一〕，放艇开尊暮未还。
有句惊人怀老谢〔二〕，松风直到敬亭山。

（题）（解）

据《辑注》，此诗辑自民国《芜湖县志》卷五十九《杂识》。渊公即萧云从友人梅清。梅清（1623—1697），字瞿山。安徽宣城人。宋代诗家梅尧臣之后裔。顺治举人。以诗著名，为王士祯、徐元文诸名家倾仰。书法仿颜真卿、杨凝式；画尤其磅礴多奇气，有名作《黄山图》。诗作先有《天延阁前后集》，后合编为《瞿山诗略》。另据中华书局1990年版之徐世昌《晚晴簃诗汇》载："梅清，字渊公，号瞿山，宣城人。顺治甲午举人。有《天延阁删后诗》。"

此诗赞美友人梅清才华与品格皆高，也表现了两人之间的深厚友情。诗中引与敬亭山有关联的谢朓故事是为了写梅清。"有句惊人"是说梅清才华出众，"松风"是说其品格高洁；"放艇开尊暮未还"则表现二人游兴谈兴俱浓，是情趣相投的好朋友。

（注）（释）

〔一〕秋华：秋花。汉张衡《思玄赋》："繡幽兰之秋华兮，又缀之以江离。"又特指菊花。清俞樾《群经平议·尔雅二》："秋华者，菊之异名。"

〔二〕老谢：唐代，为把南齐诗人谢朓和刘宋时期诗人谢灵运区分开来，称谢灵运为大谢，谢朓为小谢。唐李白《宣州谢朓楼饯别校书叔云》中就称谢朓为"小谢"。谢朓有《谢宣城集》，故按与宣城之关系，此句中的"老谢"当为谢朓。

题青溪柳湖图

绿柳青溪拂钓竿，春风湖上饱鱼餐。

谁人识得鸱夷子〔一〕，花草吴宫不忍看〔二〕。

题解

据《辑注》，此诗辑自上海敬华艺术品拍卖有限公司2004年冬季书画拍卖会之萧云从《青溪柳湖》。诗后题："余既作此画，隔岁展玩，不可复辨，则河山之感在瞬目间也，乃附小诗，灯下以示老目之瞶瞶也。萧云从。"据此，知诗为萧云从晚年作。

此诗立意，主要如其题跋所言："河山之感在瞬目间也。"写范蠡急流勇退方得保全身家，吴王荒淫无道以至江山易主，都与诗人感慨明亡有关。"在瞬目间"是说历历往事仿佛眼前。手持钓竿，饱餐湖鲜，看似逍遥，内心仍有隐痛。

注释

〔一〕鸱夷子：指范蠡。范蠡即陶朱公。春秋末楚国宛人，字少伯。越国大夫。与宛令文种为友，随种入越事越王允常。勾践继立，用为谋臣。越为吴所败，文种守国，蠡乞成于吴，且随勾践为臣仆于吴三年。既归，与文种戮力图强。勾践十五年，破吴都。二十二年越围吴，三年而灭吴，擢上将军。蠡以大名之下难以久居，且勾践为人可与共患而难与处安。相传易名鸱夷子皮赴齐，治产获千万，复散财以去。旋入宋，止于陶，自称陶朱公。经商成巨富，卒于陶。

〔二〕吴宫：指春秋吴王的宫殿。南朝梁江淹《别赋》："乃有剑客惭恩，少年报士，韩国赵厕，吴宫燕市。"

题松风十里图

松风十里听鸣涛，隐士茅堂近碧霄。

为我谈经开闲阁〔一〕，等闲清福佳心俏〔二〕。

题解

据《辑注》，此诗辑自中宝拍卖有限公司2008年苏州文物商店春节艺术品拍卖会之萧云从《松风十里图》。诗后题："橅九龙山人，尺木萧云从。"

此诗写隐士所居环境之清净以及"我"与其谈论学问之乐趣。在诗人心中，这种远离世俗尘嚣的生活就是人生最大的福气。

注释

〔一〕闲阁：据平仄，此处"闲"字疑误。"闲"有"安静"义。《淮南子·本经》："质真而素朴，闲静而不躁。"

〔二〕清福：清闲之福。元耶律楚材《冬夜弹琴颇有所得乱道拙语三十韵以遗犹子兰》："秋思尽雅兴，三乐歌清福。""俏"疑当作"消"，意谓消受、享受。

题雨过桃李图

雨过横塘水满堤〔一〕，乱山高下路东西。
一番桃李花开后，惟有青青草色齐。

题解

据《辑注》，此诗辑自上海国际商品拍卖有限公司2005年秋季拍卖会之萧云从之青绿山水扇面。诗后题："萧云从。"

此诗前两句写雨水之大，后两句以雨后桃李衬托青草生命力之强。令人感悟到繁华难以久长的道理。

注释

〔一〕横塘：古堤名。江苏省南京及苏州西南均有。宋贺铸《青玉案·横塘路》词："凌波不过横塘路，但目送、芳尘去。"亦泛指水塘。唐温庭筠《池塘七夕》诗："万家砧杵三篙水，一夕横塘似旧游。"

第五辑

五律

题春溪轻舟图

　　荆溪周隐士〔一〕，邀我画溪山。
　　流水初无竟，归云意自闲〔二〕。
　　风花春烂漫，藓雨石斑斓。
　　书画终为友，轻舟数往还。

题解

　　据《辑注》，此诗辑自中国嘉德拍卖公司2006年秋季拍卖图录萧云从《春溪轻舟图》。诗后题："壬辰长至，为仰山社盟作画，并系以小诗呈教。钟山梅下弟萧云从。"据此，知诗作于1652年，时萧云从57岁。

　　长至指夏至。夏至白昼最长，故称。"仰山社盟"即诗中的周隐士，生平不详。仰山本为山名，在今江西宜春南，唐属袁州。佛教禅宗沩仰宗始祖之一的唐高僧慧寂曾修行于此，并以此为号。由此可知周隐士之志趣。此诗写山水景色极富生机，而诗人化用杜甫诗"水流心不竞"为"流水初无竞"，体现了积极进取的心态。

注释

　　〔一〕荆溪：在江苏省南部。上游胥溪河，源自南京高淳区东坝，汇集大茅山以东和苏、浙、皖边境界岭北坡诸水，经溧阳市东流，到宜兴市大埔附近入太湖。为太湖的主要补给水源之一。

〔二〕颔联化用唐杜甫《江亭》诗颔联意。《江亭》诗:"坦腹江亭暖,长吟野望时。水流心不竞,云在意俱迟。寂寂春将晚,欣欣物自私。故林归未得,排闷强裁诗。"

题 梅 诗

山园为秋色，随处自徘徊。

悴柳动烟外〔一〕，残阳照寒偎〔二〕。

岁华感无尽〔三〕，八月忆春梅。

共约东墙下，临风引玉杯。

⊙题⊙解

据《辑注》，此诗辑自日本昭和十年兴文社河井荃庐等监修《南画大成》卷三。诗后题："癸卯寒露，云从识。"据此，知诗作于1663年，时萧云从68岁。

此诗写诗人睹梅思友之情。诗人在寒露之秋，回忆与友人共赏春梅之快乐情景，而眼前一片悴柳、残阳，愈发油然而生流年似水、年华老去的感慨。

⊙注⊙释

〔一〕悴柳：《辑注》作"柳悴"，据格律，疑误，今改。

〔二〕寒偎："偎"疑当作"隈"，角落。"偎"有"隐、不明晰"意，亦可用。

〔三〕岁华：时光，年华。宋梅尧臣《次韵任屯田感予飞内翰旧诗》："岁华荏苒都如昨，世事升沉亦苦多。"

访许定园林

乱烟啼鸟处，许氏旧园林。

景物虽萧索，高云自古今。

石门斜日落，竹馆暮阴深〔一〕。

不见幽人迹，难为去住心〔二〕。

（题）（解）

据《辑注》，此诗辑自清方睿颐撰《梦园书画录》卷十七。诗后题："过访许定园林之作。无闷老人萧云从。"许定，未详生平，当系萧云从友人。萧云从以"幽人"称之，说明也是一位隐士。

此诗以"石门斜日落，竹馆暮阴深"描摹状写景物萧索，以"高云自古今"暗示许定是远离尘嚣的高人，此次造访不遇，自然有难以决定"去住"的矛盾心理。

（注）（释）

〔一〕竹馆：用竹建造的房舍，亦泛指幽居别墅。宋梅尧臣《池州陈生见过》诗："竹馆忽枉驾，山樽聊解颐。"

〔二〕去住：犹去留。汉蔡琰《胡笳十八拍》："十有二拍兮哀乐均，去住两情兮难具陈。"唐司空曙《峡口送友人》诗："峡口花飞欲尽春，天涯去住泪露巾。"

题墨竹图（十三首）

一

青青数竿竹，取向画中看。
瘦玉纱窗静，空烟粉壁寒。
当风声正寂，无月影尝安。
惟是柯亭客〔一〕，知音更自难。

二

画成三五干，何异在空岩。
高并苏君节〔二〕，清销渭守馋。
孤筇惊玉立，细箪带霜镵〔三〕。
一剪寒烟近，萧疏自不凡。

三

雨风迷五月，题遍竹枝词〔四〕。
出地见全节〔五〕，穿云惊片时。
影疑金琐碎，声想玉参差。
独叹虚心处，相看哪得知。

四

万物生于静，青枝自不繁。

冷光分簟润，春气郁林根。

对尔如闻笛〔六〕，怀人独闭门。

众芳谇一直，沅上莫招魂〔七〕。

五

频年真苦节，粉本疏对墙〔八〕。

摇月光千尺，悲秋泣几行。

持条扶我老〔九〕，看竹笑人狂。

淇水虽云隐〔十〕，风吹细细香。

六

华光多逸兴，孤竹即顽民〔十一〕。

千亩逢春雨，三湘到故人。

秋声发枯管，凉荫托高邻。

数寸龙虫蛰，挥毫若有神。

七

天地数巍节，东南老异材〔十二〕。

不须山色见，犹带雨声来。

空点千秋槳，同倾六逸杯〔十三〕。

遣儿书所爱，亦是杜陵栽〔十四〕。

八

逸兴偶然发，相看意已疏。

主人不须问，高士欲为庐。

节避并州寺，竿留渭水鱼〔十五〕。

酒清如叶色，无笋作园蔬〔十六〕。

九

乘兴幽窗下，挥毫任所之。
才书一个字，已笋洪旬枝〔十七〕。
奇节随时见，空心终夜疑。
高人得意处，翻笑晓风迟。

十

纵笔成心竹〔十八〕，寸心澹有浓。
何须新雨后，得上青霄中。
腾壁龙孙气〔十九〕，穿簾燕尾风。
山阴吹玉笛，回首暮云空。

十一

此君本无意，笔是此君身。
溅水犹含泪，干霄莫待旬〔二十〕。
生成休问主，风雨不愁人。
却遇纸屏上，遥看湘水春〔二十一〕。

十二

未尽一盂茗，悠然成数竿。
月沉窗影在，露浥纸光寒。
鸾舞瑶笙断，虫吟土壁残。
持将换秋粳，亦胜食琅玕〔二十二〕。

十三

得见一高士，何须千户侯〔二十三〕。
整冠初苔筚〔二十四〕，当赋独登楼。

粉落春花醉，香凝晚节幽。

群居终不乱，砌砌欲鸣秋〔二十五〕。

题解

据《辑注》，此组诗辑自上海崇源艺术品拍卖公司2008年秋季拍卖会之萧云从《墨竹手卷》，诗后题跋云："吾家唐协律郎悦，尝从月下灯前取竹影为蓝本，画遂绝妙天下。又尝见梅花道人草书入神，写子瞻为文湖州筼筜记下空余素仅尺，又画此竹数枝，岂非奇物耶？余亦好写竹，家藏梅道人卷长数丈，竹石阴森，湿烟欲滴，盖澄心堂纸奚廷珪墨所成。故其写竹颇得法入神。每临一幅，则置壁上，系一诗，兹汇一卷。然梅道人不学吾协律，渊源相及，不踰家法乃尔，但愧诗不工也。钟山老人萧云从。"

题跋中"吾家唐协律郎悦"指唐代画家萧悦。萧悦（生卒年不详）官协律郎（协律郎，官名。掌校正乐律，为乐官。自北魏始，北齐、隋唐以至明清皆置），人称萧协律。善画竹，名擅当世。白居易为其作《题画竹》，诗云："举头忽见不似画，低耳静听疑有声。"梅道人，指吴镇。吴镇（1280—1354），元代画家，字仲圭，号梅花道人，尝自署梅道人。汉族，浙江嘉兴魏塘人。工词翰，草书学辩光，山水师巨然，墨竹宗文同。擅长用墨，淋漓雄厚，为元人之冠。

这组诗内容丰富，主要围绕与竹有关的典故，描绘竹的形貌，讴歌竹之气节，赞美竹之风骨。其间也有画家创作竹画的体会、理念。其实，无论作为诗人还是画家，萧云从笔下的竹也是他自己的写照。

注释

〔一〕柯亭客：指蔡邕。柯亭：古地名，又名高迁亭，在今浙江省绍兴市西南，以产良竹著名。晋伏滔《〈长笛赋〉序》："初，邕（蔡邕）避难江南，宿于柯亭。柯亭之观，以竹为椽。邕仰而眄之曰：'良竹也。'取以为笛，奇声独绝。历代传之，以至于今。"

〔二〕苏君节：指苏武及其所持汉节。

〔三〕筇：一种竹。实心，节高，宜于作拐杖、手杖。因筇竹可为杖，即称杖为筇。鑱：《说文》："锐也。从金毚声。"

〔四〕竹枝词：一种由古代巴蜀间的民歌演变过来的诗体。唐代刘禹锡把民歌变成文人的诗体，对后代影响很大。竹枝词"志土风而详习尚"，以吟咏风土为其主要特色。

〔五〕全节：《辑注》作"金节"，疑误。今改。按：金节是诸侯使臣出使用的符节。《周礼·秋官·小行人》"达天下之六节：山国用虎节，土国用人节，泽国用龙节，皆以金为之。"汉郑玄注："诸侯使臣行颇聘，则以金节授之，以为行道之信也。"亦指古代殿庭的仪仗。全节，本指保全气节。《北齐书·傅伏传》："齐军晋州败后，兵将罕有全节者。"此处以竹喻人，谓有气节。

〔六〕闻笛：语出刘禹锡"怀旧空吟闻笛赋，到乡翻似烂柯人"。晋人向秀经过亡友嵇康、吕安旧居，听见邻人吹笛，因而写了《思旧赋》。

〔七〕沅上莫招魂：指屈原及其《招魂》。司马迁认为《招魂》是屈原的作品，他在《史记·屈原贾生列传》称："余读《离骚》《天问》《招魂》《哀郢》，悲其志。"

〔八〕粉本：画稿。古人作画，先施粉上样，然后依样落笔，故称画稿为粉本。唐韩偓《商山道中》诗："却忆往年看粉本，始知名画有工夫。"亦指图画。此句是说竹影在墙，宛如图画。

〔九〕持条扶我老：此句化用陶渊明"策扶老以流憩，时矫首而遐观"。"扶老"就是"手杖"，"扶老"是以功能名之。

〔十〕淇水：在河南省北部。古为黄河支流，发源于山西省陵川县，南流至今卫辉市东北淇门镇南入河，以产竹闻名。《红楼梦》中用"淇水遗风""睢园雅迹"来形容大观园中茂盛的竹子。

〔十一〕孤竹：孤竹君。《史记·伯夷列传》："伯夷、叔齐，孤竹君之二子也。"司马贞索隐："孤竹君，是殷汤三月丙寅日所封。相传至夷齐之父，名初，字子朝。"

〔十二〕东南老异材："材"《辑注》误为"村"，不合韵，今改。

〔十三〕六逸：指竹溪六逸。《新唐书·文艺传·李白》："（李白）更客任城，与孔巢父、韩准、裴政、张叔明、陶沔居徂来山，日沉饮，号'竹溪六逸'。"

〔十四〕杜陵：地名，在长安城南（今陕西西安东南），古为杜伯国，秦置杜县，汉宣帝筑陵于东原上，因名杜陵。因杜甫自号"杜陵野老"，亦指杜甫。

〔十五〕节避并州寺，竿留渭水鱼：并州，山西太原古称并州。下句用姜太公渭水垂钓事。《武王伐纣平话》卷下："姜尚因命守时，立钩钓渭水之鱼，不用香饵之食，离水面三尺，尚自言曰：'负命者上钩来！'"

〔十六〕笥：一种盛饭食或衣物的竹器。《说文》："笥，盛食器也。"

〔十七〕浃旬：一旬，十天。《隶释·汉卫尉衡方碑》："受任浃旬，庵离寝疾，年六十有三。"

〔十八〕纵笔成心竹：宋苏轼《文与可画筼筜谷偃竹记》："故画竹，必先得成竹于胸中。执笔熟视，乃见其所欲画者，急起从之，振笔直遂，以追其所见，如兔起鹘落，少纵即逝矣。"

〔十九〕龙孙：泛指竹。宋人道潜《慧觉孜师绿筠轩》诗："会待龙孙添夏荫，借君此地眠清风。"宋陆游《夹路多修竹》诗："桑麻有馀地，家家养龙孙。"

〔二十〕干霄：直插云霄。

〔二十一〕遥看湘水春：此句写斑竹的传说。斑竹，一种茎上有紫褐色斑点的竹子，也叫湘妃竹。晋张华《博物志》卷八："尧之二女，舜之二妃，曰湘夫人，帝崩，二妃啼，以涕挥竹，竹尽斑。"唐杜甫《奉先刘少府新画山水障歌》："不见湘妃鼓瑟时，至今斑竹临江活。"

〔二十二〕琅玕：本指神话传说中的仙树，其实似珠。《山海经·海内西经》："服常树，其上有三头人，伺琅玕树。"这里指竹子。宋梅尧臣《和公仪龙图新居栽竹》之二："闻种琅玕向新第，翠光秋影上屏来。"末二句诗的意思是用竹画换粮食以供食用。

〔二十三〕得见一高士，何须千户侯：此二句化用唐李白《与韩荆州书》："白闻天下谈士相聚而言曰：生不用封万户侯，但愿一识韩荆州。何令人之景慕，一至于此耶！"

〔二十四〕苔箨：指新生竹笋。箨，竹笋上一片一片的皮。宋韩淲《好事近·梅雨快晴风》："梅雨快晴风，苔竹定翻新箨。相望得寻幽调，把陈言都略。大江东去更飞云，心事共回薄。彷佛散庵佳处，一声声猿鹤。"

〔二十五〕砌砌：指台阶。唐贯休《东西二林寺流水》："水尔何如此，区区砼砼流。墙墙边沥沥，砌砌下啾啾。"

第六辑

七律

吊邑人周孔来殉节泾县学署

泮壁何人自鼓刀[一]，天寒日暮风飕飕[二]。
老儒转战敌长矟[三]，弟子招魂赋反骚[四]。
夜雨同悲涵水鳣[五]，阴雷欲劚戴山鳌[六]。
庙空悬古松长碧，浩气森森北斗高。

题解

据《辑注》，此诗辑自乾隆《芜湖县志》卷二十三。周孔来，据黄钺《壹斋集》卷七《于湖竹枝词》四十六自注："周泗，字孔来，南乡凤翎圩人，任泾县教官。乙酉城陷，手刃十数人，殁于明伦堂。"据此，诗当作于1645年，时萧云从50岁。

此诗悼念为抗击清兵而牺牲的士人周孔来。前两联叙事，充满悲壮之气；颈联用典，哀叹神州陆沉，英雄牺牲；尾联直抒胸臆，赞美周孔来之民族气节，浩气长存，令人景仰。

注释

〔一〕泮壁何人自鼓刀：泮，古代的学校。鼓刀，谓贤才未遇明主之前操持贱业。《楚辞·离骚》："吕望之鼓刀兮，遭周文而得举。"据萧云从《天问图注文》（《辑注》第98页）："吕望在肆鼓刀，文王问之，对曰'下屠屠牛，上屠屠国。'文王喜，载以归。"此处指周孔来持刀抗争清兵。

〔二〕飕飕：象声词。形容风声雨声。《艺文类聚》卷一引汉赵壹《迅风赋》："啾啾飕飕，吟啸相求。"

〔三〕老儒：指周孔来。长矟：即长矛。此处代指清兵。

〔四〕反骚：最早为汉扬雄所作赋。《艺文类聚·卷五十六·杂文部二》："汉扬雄《反骚》曰：雄每读屈原《离骚》，未尝不流涕也，乃作书往往摭《离骚》文而反之，自岷山投诸江流，以吊屈原。"另，宋宋祁有凭吊屈原的《反骚》诗："我闻上天乐，仙圣并游宾。《离骚》何所据？招回逐客魂。谓门有九关，虎豹代守阍。砥舌饥涎流，触之辄害人。讥呵自有常，帝意宁不仁。穷壤苦恨隔，传闻恐失真。我欲稽首问，无梯倚青云。块然守下土，此愤何由伸。"

〔五〕涵水鳣："鳣鲸失水"喻英雄落难。汉贾谊《吊屈原赋》："彼寻常之汙渎（臭水沟）兮，岂能容吞舟之鱼？横江湖之鳣鲸兮，固将制于蝼蚁。"

〔六〕阴雷：犹闷雷。声响极小近似无声之雷。唐卢纶《途中遇雨马上口号留别张刘二端公》："阴雷慢转野云长，骏马双嘶爱雨凉。"劙：割断，截断。《孙膑兵法》："末不锐则不入，刃不薄则不劙。"戴山鳌：《列子·汤问》载，传说古代渤海之东有岱舆、员峤、方壶、瀛洲、蓬莱五座仙山，随潮往来，漂流不定。天帝恐其流于西极，使巨鳌十五举首而戴之，始峙而不动。其后龙伯之国有巨人，一举钓去六鳌，于是岱舆、员峤二山流于北极，沉于大海。

题画寄钱果存

草色渐渐春色多，窗前蔟蔟玉峰罗〔一〕。

抛予老笔能酬应，对客狂吟无奈何。

未拟开尊同北海〔二〕，且须栽树上东坡〔三〕。

江边帆影随风发，真破黄尘过翠萝〔四〕。

题 解

据《辑注》，此诗辑自《壹斋集·萧汤二老遗诗合编》。钱果存，萧云从友人。生平未详。

此诗首联写居住环境；颔联对友人述说胸中不平之气；颈联运用典故表示不在意有没有高朋满座，而要学习苏轼逆境中依然旷达的精神；尾联表达了远离尘嚣、优游江湖之情。

注 释

〔一〕蔟蔟：同"簇簇"，丛集貌。唐韦庄《登汉高庙闲眺》："天畔晚风青蔟蔟，楼前春树碧团团。"

〔二〕北海：指孔融。孔融曾为北海相，著有《孔北海集》。南朝宋范晔《后汉书·孔融传》："时年饥兵兴，操（指曹操）表制酒禁，融频书争之，多侮慢之辞。……及退闲职，宾客日盈其门。常叹曰：'坐上客恒满，樽中酒不空。吾无忧矣！'"

〔三〕且须栽树上东坡：苏轼贬黄州时，黄州太守徐君猷将临皋亭下过去驻兵的数十亩荒地拨给苏轼开垦耕种，以解决吃饭问题。苏轼对于垦殖这片土地感到很高兴，不但解决了吃饭问题，更因其在黄州城东，是一块坡地，与唐代大诗人白居易当年植树种花的忠州"东坡"相似，于是他效法白居易，将其地称为"东坡"，自号"东坡居士"。他还在东坡上筑室，取名为"雪堂"，并亲自写了"东坡雪堂"的匾额。

〔四〕黄尘：比喻俗世、尘世。唐聂夷中《题贾氏林泉》诗："岂知黄尘内，迥有白云踪。"翠萝：攀缘植物，亦名女萝、松萝。多附生在松树上，成丝状下垂。《诗·小雅·頍弁》："茑与女萝，施于松柏。"

彭幼官耽于诗酒，索画和答（三首）

一

闭户曾无一刻欢，持杯难遣万山寒。

写成茅屋何能隐，寄到秋诗不忍看。

斜日随人趋古路，浮云往事忆长干[一]。

梅花小筑依城阙[二]，画角哀生泪未乾[三]。

二

城居常梦往高峰，惨淡频年作画佣[四]。

细草得眠君一醉，深松无碍我扶筇。

雁回天渺遗余响，人老江村谢旧容。

莫道韬精终阮籍[五]，万古犹自未销锋[六]。

三

三十年来膏火焚[七]，樊南空咏哭刘蕡[八]。

青山尽卖生犹窘[九]，白首同归谶莫闻[十]。

鸟啄芙蓉飘细粉[十一]，龙鳞天半宿苍云[十二]。

多才未识丹霄路[十三]，沉饮甘为麋鹿群[十四]。

题解

据《辑注》，此组诗辑自《壹斋集·萧汤二老遗诗合编》。彭幼官，萧云从友人。清嘉庆《芜湖县志》卷十三载："彭述古，字幼官，才明敏，嗜学，以诗文自豪，居常不事边幅，兼喜饮，有步兵之目。""步兵"指阮籍，"有步兵之目"意思是被人视作阮籍一类人。

这组诗当写于明亡不久，既悼明亡，亦明己志。因为是答彭述古的和诗，所以亦有与其共勉之意。第一首写明亡以后，心情沉痛，即使闭门谢客也难以真正做隐士。诗中"忆长干"不仅是回忆与彭述古交往的往事，而且隐含故国之思，故结句言"泪未乾"。第二首开头写自己生活艰难，年华老去（"人老江村谢旧容"），但在收到友人为索画寄来的书信后，精神为之一振。尾联借用典故含蓄告诉友人，自己于韬光养晦之中并未消磨奋发有为的锐气。第三首先借李商隐伤悼刘蕡写自己与彭述古为知己之交且皆怀才不遇，借唐伯虎困境中保持操守表明自己踵继前贤的心迹，再以芙蓉受损、苍松挺立象征二人的遭遇与品格，最后用苏东坡"侣鱼虾而友麋鹿"宣示人生态度并与彭述古共勉：既然以前没有机会为明廷效力，那么今后就流连诗酒，归隐江湖吧。

注释

〔一〕长干：古建康里巷名。借指南京。

〔二〕梅花小筑：萧云从在芜湖城东的居所。详见萧云从《移居诗》。

〔三〕画角：古管乐器。传自西羌。形如竹筒，本细末大，以竹木或皮革等制成，因表面有彩绘，故称。发声哀厉高亢，古时军中多用以警昏晓，振士气，肃军容。帝王出巡，亦用以报警戒严。南朝梁简文帝《折杨柳》诗："城高短箫发，林空画角悲。"乾：即"干"。

〔四〕画佣：指卖画为生，形同被人雇佣。

〔五〕韬精：掩藏才华。南朝颜延之《五君咏·刘参军》："韬精日沉饮，谁知非荒宴。"阮籍，三国魏陈留尉氏人，字嗣宗。阮瑀子。齐王芳时任尚书郎，以疾归。大将军曹爽被诛后，任散骑常侍、步兵校尉，封关内侯。世称阮步兵。

好《老》《庄》，蔑视礼教。纵酒谈玄，后期口不臧否人物，以此自全。擅长五言诗，风格隐晦。又工文。与嵇康齐名，为竹林七贤之一。后人辑有《阮步兵集》。

〔六〕未销锋：《辑注》作"未销烽"，疑误，今改。意谓未消除锋芒。

〔七〕膏火焚：焚膏继晷。唐韩愈《进学解》："焚膏油以继晷，恒兀兀以穷年。"膏，油脂之属，指灯烛。晷，日光。后以"焚膏继晷"形容夜以继日地勤奋学习、工作等。

〔八〕刘蕡：《哭刘蕡》是唐代诗人李商隐为伤悼友人刘蕡而作的七律："上帝深宫闭九阍，巫咸不下问衔冤。黄陵别后春涛隔，湓浦书来秋雨翻。只有安仁能作诔，何曾宋玉解招魂？平生风义兼师友，不敢同君哭寝门。"

〔九〕青山尽卖生犹窘：化用唐寅《言志》诗意："不炼金丹不坐禅，不为商贾不耕田。闲来写就青山卖，不使人间造孽钱。"

〔十〕谶：迷信的人指将要应验的预言、预兆。

〔十一〕鸟啄芙蓉飘细粉：此句未详何典，诗人或以"鸟啄芙蓉"喻自己的人品与遭遇。芙蓉有水芙蓉（即荷花）、木芙蓉二类。古代诗文中水芙蓉多象征高洁品格，木芙蓉多象征美好事物。唐柳宗元《木芙蓉》："有美不自蔽，安能守孤根。盈盈湘西岸，秋至风露繁。丽影别寒水，秾芳委前轩。芰荷谅难杂，反此生高原。"宋吕本中《木芙蓉》："小池南畔木芙蓉，雨后霜前着意红。犹胜无言旧桃李，一生开落任东风。"

〔十二〕龙鳞天半宿苍云：此句形容松树高大。龙鳞：松桧之属。松桧之皮如龙鳞，故称。唐王维《春日与裴迪过新昌里访吕逸人不遇》："闭户著书多岁月，种松皆老作龙鳞。"

〔十三〕丹霄：谓绚丽的天空。唐李白《门有车马客行》诗："谓从丹霄落，乃是故乡亲。"亦指帝王居处，或代指朝廷或京都。唐韦应物《白沙亭逢吴叟歌》："亲观文物蒙雨露，见我昔年侍丹霄。"此处取后者义，指明朝廷。

〔十四〕甘为麋鹿群：此句化用宋苏轼《赤壁赋》"渔樵于江渚之上，侣鱼虾而友麋鹿"句，意谓归隐江湖。

赠宁山同还九华

九子山头万树松〔一〕，三秋云外一声钟。

因归故国孤帆去，翻恨春风远道逢。

往代文章轻子骏〔二〕，高名湖海重元龙〔三〕。

画师江上愁相别〔四〕，数点寒鸦写悴容。

⊕⊕ 题解

据《辑注》，此诗辑自《壹斋集·萧汤二老遗诗合编》。宁山同，萧云从友人。《方文年谱》（第293页）："宁峒，字山同，青阳人，与刘诚交厚。入清，以遗民终，尝以冠服不合时制，几不得免。"

此诗写赠友人宁山同。诗中除了抒发与好友依依不舍的离别之情，主要是表达对宁山同的敬意。"往代文章轻子骏"表面上是赞其文章不"求合世俗之耳目"，实际上是肯定其不与清初统治者合作的行为；"高名湖海重元龙"则直截了当地赞美其高标的品格。

⊕⊕ 注释

〔一〕九子山：即今安徽青阳县西南九华山。唐李白《改九子山为九华山联句》诗序云："青阳县有九子山，山高数千丈，上有九峰如莲华。"《寰宇记》卷一〇五青阳县："（九华山）在县南二十里，旧名九子山。"

〔二〕子骏：指鲜于子骏。宋苏轼《与鲜于子骏书》："所惠诗文，皆萧然有远古风味。然此风之亡也久矣！欲以求合世俗之耳目，则疏矣。但时独于闲处开看，未尝以示人，盖知爱之者绝少也。"

〔三〕元龙：指陈登。《三国志》卷七《魏书·陈登传》："后许汜与刘备并在荆州牧刘表坐，表与备共论天下人，汜曰：'陈元龙湖海之士，豪气不除。'"

〔四〕画师：萧云从自谓。萧云从《渐江黄山图册跋文》："余老画师也，绘事不让前哲。"

寄于息庵，时为僧高淳

依云作石巧成盦，无佛称尊任性憨。

菊放篱风休怨晚，泉供瓢饮未名贪〔一〕。

残年谁禁霜生鬓，深夜惟看月在潭。

客于乘秋近禅说，王维老去画中参〔二〕。

据《辑注》，此诗辑自《壹斋集·萧汤二老遗诗合编》。于息庵为萧云从友人，清方文《嵞山集》卷七《赠于息庵先生诗》说他"宦海浮湛十九年，归来环堵尚萧然"，据此知其为官清廉。

此诗表达了对友人于息庵的赞赏与慰勉之意。诗人赞赏于息庵生性耿直、为官不贪，慰勉友人"菊放篱风休怨晚"。对于息庵如今为僧高淳，礼佛参禅，亦表肯定。

〔一〕贪泉：泉名。在广东佛山南海区。晋吴隐之操守清廉，为广州刺史，未至州二十里，地名石门，有水曰贪泉，相传饮此水者，即廉士亦贪。隐之酌而饮之，因赋诗曰："古人云此水，一歃怀千金；试使夷齐饮，终当不易心。"及在州，清操愈厉。事见《晋书·良吏传·吴隐之》。唐王勃《滕王阁序》："酌贪泉而觉爽，处涸辙以犹欢。"

〔二〕王维有"诗佛"之称。他参禅悟理,学庄信道,精通诗、书、画、音乐等,以诗名盛于开元、天宝间,尤长五言,多咏山水田园,与孟浩然合称"王孟"。书画特臻其妙,后人推其为南宗山水画之祖。明代胡应麟称王维五绝"却入禅宗",又说《鸟鸣涧》《辛夷坞》二诗:"读之身世两忘,万念皆寂。"(《诗薮》)

题扁舟图

往事江南不尽哀，中流犹见片帆来。

残阳自弄桓伊笛〔一〕，远道谁留袁绍杯〔二〕。

到处飞花随燕子，有时乘雾跃龙媒〔三〕。

万方多难无人济，一叶宁淹天下才〔四〕。

⟮题⟯⟮解⟯

据《辑注》，此诗辑自《壹斋集·萧汤二老遗诗合编》。

此诗抒发在"万方多难"时能够出现拯救百姓于水火的豪杰人士的期待之意。诗中连用"桓伊笛""袁绍杯"二典故，是感叹人才难以被君主发现、赏识和任用。结句意谓天下英雄并没有全部归隐，关键是缺少具有雄才大略而又能慧眼识珠的君主。

⟮注⟯⟮释⟯

〔一〕桓伊笛：《晋书·桓伊传》（恒）："伊……善音乐，尽一时之妙，为江左第一。……以（谢）安功名盛极，而构会之，嫌隙遂成。帝召伊饮宴，安侍坐。帝命伊吹笛。伊神色无迕，即吹为一弄，乃放笛云：'臣于筝分乃不及笛，然自足以韵合歌管，请以筝歌，并请一吹笛人。'……吹一弄后，伊请弹筝，而歌《怨诗》曰：'为君既不易，为臣良独难，忠信事不显，乃有见疑患。周旦佐文武，金縢功不刊。推心辅王政，二叔反流言。'声节慷慨，俯仰可观。安泣下沾衿，乃越席而就之，捋其须曰：'使君于此不凡！'帝甚有愧色。"后因以"桓郎笛"为巧用乐曲传达心曲的典故。

〔二〕袁绍杯：《后汉书·郑玄传》："袁绍总兵冀州，遣使要玄，大会宾客。玄最后至，乃延升上坐。身长八尺，饮酒一斛，秀眉明目，容仪温伟。"后因以"袁绍杯"表示尊重人才。唐杜甫《秋尽》诗："秋尽东行且未回，茅斋寄在少城隈。篱边老却陶潜菊，江上徒逢袁绍杯。雪岭独看西日落，剑门犹阻北人来。不辞万里长为客，怀抱何时得好开。"

〔三〕龙媒：指骏马。《晋书·庾亮传论》："马控龙媒，势成其逼。"

〔四〕一叶：一叶扁舟之省略语。宁：难道。淹：淹滞，指有才德而不被录用或升迁。唐白居易《酬张太祝晚秋卧病见寄》："高才淹礼寺，短羽翔禁林。"

题画赠曹若客

来往河桥蹑晓霜，水山四壁引年长。

龙文剑脊滋苔色〔一〕，鸦嘴锄头带药香〔二〕。

万里云边瞻玉藻〔三〕，九枝松下浥琼浆〔四〕。

南来人自乘黄鹤，一破青天笑汉阳〔五〕。

题解

据《辑注》，此诗辑自《壹斋集·萧汤二老遗诗合编》。曹若客，萧云从友人，生平不详。从此诗内容看，曹若客是精于医药的隐士。

此诗表达了对友人曹若客隐居林泉，以采药治生、以赋诗饮酒为乐的生活方式的赞赏。尾联既是化用崔颢《黄鹤楼》诗句，也是暗引任昉《述异记》中仙人"乘黄鹤"典故，写曹若客乃是具有仙风道骨的高人。

注释

〔一〕龙文剑脊：清屈大均《广东新语》："山临珠海，每当晴霁，如积雪浮空，半天皆素，或作龙文，或鱼鳞，微带金彩。……游人项背相抵，行于剑脊者，马枥者，蜗穴者，皆不能有所攀援。"此句写山道窄小崎岖，长满青苔，难以行走。

〔二〕鸦嘴锄头：形似鸦嘴的轻便小锄头。宋陆游《南堂杂兴》诗之二："题诗又满牛腰束，采药常携鸦嘴锄。"

〔三〕玉藻：本指古代帝王冕冠前后悬垂的贯以玉珠的五彩丝绳。《礼记·玉藻》："天子玉藻，十有二旒，前后邃延，龙卷以祭。"后喻佳篇，佳作。晋陆机《文赋》："彼琼敷与玉藻，若中原之有菽。"李善注："玉藻，以喻文也。"

〔四〕九枝松：《辑注》（第15页）："九枝松指浙江余姚黄山九枝松，暗指元末明初著名的医家滑寿。"滑寿，字伯仁，晚号樱宁生。约生于公元1304年，卒于公元1386年，享年83岁，死后葬于余姚黄山九枝松。一说，九枝松，形容枝条繁多。古诗中多与僧道人物有关。唐曹松《江西逢僧省文》："高僧不负雪峰期，却伴青霞入翠微。七叶岩前霜欲降，九枝松上鹤初归。风生碧涧鱼龙跃，威振金楼燕雀飞。想得白莲花上月，满山犹带旧光辉。"浥：香气浓郁。此处作动词。

〔五〕南来人自乘黄鹤，一破青天笑汉阳：尾联化用唐崔颢《黄鹤楼》诗："昔人已乘黄鹤去，此地空余黄鹤楼。黄鹤一去不复返，白云千载空悠悠。晴川历历汉阳树，芳草萋萋鹦鹉洲。日暮乡关何处是？烟波江上使人愁！"

题渐江为汤玄翼写梅

移棹西寻湖上隈[一]，春花独上越王台[二]。

海天如遇山中客，风雪惟存画里梅。

梦转三更空自语，心伤一折待谁来。

岁寒岂复关人意，且对南枝卧草莱[三]。

题解

据《辑注》，此诗辑自《壹斋集·萧汤二老遗诗合编》。

渐江（1610—1664），俗姓江，名韬，字六奇，为僧后名弘仁，自号渐江学人、渐江僧，又号无智、梅花古衲。安徽歙县人，是新安画派的开创大师，和查士标、孙逸、汪之瑞并称为"海阳四家"。他兼工诗书，爱写梅竹，但一生主要以山水名重于时。汤玄翼，指汤燕生。据清乾隆《芜湖县志》卷十五："汤燕生，字元（一作"玄"——引者注）翼，号岩夫，宁国府太平县人。明末为诸生，名播大江南北。"二人均为萧云从友人。

此诗借为友人渐江《梅花图》题诗，抒发对傲雪挺立的梅花的敬佩之情；诗人并以梅自励，表达了欲战胜生活中各种严酷考验的决心。虽然缺少欣赏的同道人，但是只要有梅相伴，那么岁寒也就不再放在心上了。

注释

〔一〕隈：山水等弯曲的地方。《淮南子》："田者不侵畔，渔者不侵隈。"高诱注:"隈,曲深处,鱼所聚也。"

〔二〕越王台:位于浙江绍兴市区卧龙山东南麓,状如城楼,系后人为缅怀越王勾践卧薪尝胆复国雪耻而建。《越绝书》:"越王台……周六百二十步,柱长三丈五尺三寸,溜高丈六尺。宫有百户,高丈二尺五寸。"

〔三〕南枝:借指梅花。清宋琬《送别李素臣归荒隐草堂》诗:"相思试折南枝寄,东阁官梅尚有无。"草莱:草莽,杂生的草。《南史·孔珪传》:"门庭之内,草莱不翦。"

题画为包长明恤部

寒峰写就数经旬，樾馆棕间托意真〔一〕。
古木天高犹蜀道〔二〕，空山花落有秦人〔三〕。
行吟却遇吴江冷，邀醉谁藏石冻春〔四〕。
堂上卷帘一相对，苍烟渺渺望无垠。

题解

据《辑注》，此诗辑自《壹斋集·萧汤二老遗诗合编》。包长明，据乾隆《江南通志》卷一四一《松江府》载："包尔庚，字长明，南直隶华亭人，崇祯十年进士，知广东罗定州。清廷以卓异闻，不赴。"恤部，官职名。《林忠宣公全集·城南书庄草卷之三》："御史行县者二，恤部虑囚者一。"

此诗借为友人题画抒写自己的怀抱。诗中"古木天高犹蜀道，空山花落有秦人"一联集中反映了诗人由于人生道路艰难而打算归隐田园的想法。

注释

〔一〕樾馆：指简陋的居所。据《全唐诗》卷一二三载卢鸿一《嵩山十志十首·樾馆》："樾馆者，盖即林取材，基颠柘，架茅茨，居不期逸，为不至劳，清谈娱宾，斯为尚矣。及荡者鄙其隘阒，苟事宏湎，乖其宾矣。"棕间，即棕榈。"间"同"榈"。

〔二〕此句化用唐李白《蜀道难》"问君西游何时还？畏途巉岩不可攀。但见悲鸟号古木，雄飞雌从绕林间"句意。

〔三〕秦人：晋陶渊明《桃花源记》中指避秦末之乱而入世外桃源之人。这里指隐士。

〔四〕石冻春：美酒名。明唐寅《言怀》诗之一："山房一局金藤着，野店三杯石冻春。"亦省作"石冻"。

移居诗（六首）

畴昔小筑于东皋，则迤王处仲梦日亭也〔一〕。甲申〔二〕后为镇兵是据，遂毁精舍为园栅。至丁亥秋，始得携儿子担书笥〔三〕，蓁秽葺垣，略蔽风雨而家焉。惟乱离迁播，亲友凋残，触景内伤，忽然哀愤，溯其凄戾，横集无端，况予老矣病矣，无能为矣！穷途日暮，情见乎词，得诗六首，求故人书之。倘曰元亮《移家》、少陵《秋兴》〔四〕，是以灵乌飞鷃〔五〕，而誉腐草之光矣〔六〕。

一

喜得幽荒日月同，棕轩樾馆筑华嵩〔七〕。
秋风北道谁为主，皓首东园赖有松。
乱石何年逢射虎〔八〕，贞公临水欲成龙〔九〕。
药栏书屋才安置，却见寒山树树红。

二

鹿门见寄一行书〔十〕，悲滞风尘万里余。
未靖干戈中外警，当途冠盖往来疏〔十一〕。
天高猿啸松枝落，篱折鸡栖月影虚。
鬓短霜繁潦倒甚〔十二〕，杖藜挥泪过荒墟。

三

尽醉才倾一两杯，醺然扶病欲登台。

水随天远秋无尽〔十三〕，月并沙明雁已回。

绛帻郑玄犹遇主，青樽袁绍独怜才〔十四〕。

披榛相待渔樵话，隔院先闻钟磬来。

四

莼嫩鲈肥尽可餐，归思岂只一张翰〔十五〕。

吾庐近市无车马，世法宽人有愤冠〔十六〕。

霜气空凋千树碧，旭光已破万山寒。

衰年强起凭高望，赋得鹏云万里抟〔十七〕。

五

卜筑黄尘尽草洼，于时深愧自为家。

树高不隔蝉声切，墙短犹留驹影斜〔十八〕。

老病风前犹种药，伤心雨后亦载花。

生长贫贱原非隐，未许青门学种瓜〔十九〕。

六

随意寒潭落钓钩，青蛉作伴立竿头〔二十〕。

浮云天际归何处，独树溪边影不流。

蹈海鲁连龙战日〔二十一〕，还家典属雁声秋〔二十二〕。

身经迁播皆萍梗〔二十三〕，一有吾庐更有愁。

题解

　　据《辑注》，此组诗辑自《壹斋集·萧汤二老遗诗合编》。据小序，知此组诗作于1647年，时萧云从52岁。

　　这组诗的写作缘由，诗人在小序中已经说明。"乱离迁播，亲友凋残"，诗人的居所"梅花小筑"亦遭侵占破坏，内心的悲愤不难想象。但是诗的情感基调比小序所说的"老矣病矣，无能为矣！穷途日暮"要积极得多，其立意亦相当高远。只不过由于运用了大量典故，表达得非常含蓄而已。

从组诗中引用的 "乱石何年逢射虎" "绛帐郑玄犹遇主" "蹈海鲁连龙战日" 等主要典故看，诗人此时对南明小王朝还抱有很大希望，甚至对自己为国效力、驱除外敌也怀有期许。因此诗人才说 "衰年强起凭高望，赋得鹏云万里抟"，并且在修葺旧居之后，不安于现在就做隐士（"生长贫贱原非隐，未许青门学种瓜"）。所以组诗最后两句 "身经迁播皆萍梗，一有吾庐更有愁" 中的 "愁" 就不是忧愁个人的处境际遇（"于时深愧自为家" 可以证明），而是国家的前途命运（毕竟当时国人并不认为崇祯自缢就等于明朝灭亡）。

总之，这组诗是诗人忧国忧民情怀的流露，在 "触景内伤，忽然哀愤" 之余还能如此，更加难能可贵。

注释

〔一〕王处仲：即王敦。王敦（266—324），字处仲，琅琊临沂（今山东临沂北）人。为东晋丞相王导的堂兄。梦日亭：北宋元丰八年（1085）芜湖东门承天寺方丈蕴湘募建 "梦日" 和 "玩鞭" 二亭。"玩鞭" 出典于《晋书》。晋明帝太宁二年（324）六月，王敦将举兵内向，明帝密知之，乃乘巴骏马，征行至于湖，阴察敦营垒。敦昼寝，梦日环其城，惊起曰："此必黄须鲜卑儿来也！" 使五骑追帝。帝驰去，见逆旅卖食妪，以七宝鞭与之，曰'后骑来，可以此示！'追者至，问妪，妪曰，'去远矣！'因以鞭示之。传玩良久，帝获免。"

〔二〕甲申：1644年。是年明朝灭亡，后芜湖沦陷，萧云从居处为清兵占用。

〔三〕书笥：书箱。笥是盛饭或衣物的方形竹器。

〔四〕元亮《移家》、少陵《秋兴》：陶渊明有《移居二首》。据逯钦立《陶渊明事迹诗文系年》与郭维森《陶渊明年谱》，义熙元年（405）陶渊明弃彭泽令返回柴桑。义熙四年（408）六月，陶渊明隐居上京的旧宅失火，暂时以船为家。两年后移居浔阳南里（今江西九江城外）之南村村舍。《移居二首》当是移居后不久所作。杜甫有《秋兴八首》，系大历元年（766）秋杜甫在夔州时所作的一组七言律诗，因秋而感发诗兴，故曰 "秋兴"。杜甫自唐肃宗乾元二年（759）弃官，避安史之乱到四川，至当时已历七载，战乱频仍，国无宁日，人无定所，当此秋风萧瑟之时，不免触景生情，因写下这组诗。

〔五〕灵乌：太阳。相传太阳中有三足乌，故称。唐杨炯《浑天赋》："天鸡晓唱，灵乌昼踆。"或即乌鸦。宋范仲淹《灵乌赋》："灵乌灵乌，尔之为禽兮，何不高翔而远翥？何为号呼于人兮，告吉凶而逢怒？方将折尔翅而烹尔躯，徒悔焉而亡路。"梅圣俞曾以乌鸦为喻劝范仲淹不必直言以取祸，范仲淹因作《灵乌赋》。飞鷮：鷮同"鵕"。一种鸟名，类山鸡；一说是不祥之鸟，现则天旱。

〔六〕腐草之光：指流萤。古代有腐烂的草转化为萤火虫的说法，后遂用为咏萤之典。《礼记·月令》："温风始至，蟋蟀居壁，鹰乃学习，腐草为萤。"

〔七〕棕轩樾馆：指简陋的居所。详见《题画为包长明恤部》注释〔一〕。

〔八〕乱石何年逢射虎：此句用李广事。《史记·李将军列传》："广出猎，见草中石，以为虎而射之，中石没镞，视之石也。因复更射之，终不能复入石矣。广所居郡，闻有虎，尝自射之。及居右北平，射虎，虎腾伤广，广亦竟射杀之。"

〔九〕贞公临水欲成龙：此句或用陶侃事。《晋书·陶侃传》载：陶侃年轻时在雷泽打鱼，打上一枚织布的梭子，回家将梭子挂在墙上。不一会儿，雷雨大作，梭子化龙而去。后遂以"雷化龙梭"喻贤才应时而起，飞黄腾达。然"贞公"未详何人。

〔十〕鹿门：鹿门山之省称。在湖北襄阳襄州区。后汉庞德公携妻子登鹿门山，采药不返。后因用指隐士所居之地。唐杜甫《冬日有怀李白》诗："未因乘兴去，空有鹿门期。"

〔十一〕当途冠盖：借指达官贵人。汉班固《西都赋》："冠盖如云，七相五公。"唐杜甫《梦李白》："冠盖满京华，斯人独憔悴。"

〔十二〕鬓短霜繁潦倒甚：此句化用杜甫《登高》尾联"艰难苦恨繁霜鬓，潦倒新停浊酒杯"。

〔十三〕水随天远秋无尽：此句化用辛弃疾词《水龙吟·登建康赏心亭》句："楚天千里清秋，水随天去秋无际。"

〔十四〕绛帐郑玄、青樽袁绍：见《题扁舟图》注释〔二〕。

〔十五〕张翰：字季鹰，吴郡吴县（今江苏苏州）人。西晋文学家，留侯张良后裔，吴国大鸿胪张俨之子。有清才，善属文，性格放纵不拘，时人比之为阮籍，号为"江东步兵"。齐王司马冏执政，辟为大司马东曹掾。见祸乱方兴，以莼鲈之思为由，辞官而归，年五十七卒。著有文章数十篇，行于世。

〔十六〕世法：世人的典范，社会沿用的习惯常规。汉桓宽《盐铁论·相刺》："居则为人师，用则为世法。"宋黄庭坚《书赠俞清老》："（米芾）冠带衣襦，多不用世法。"宋俞文豹《吹剑录外集》："讲义理，别白是非，则须学术；酬酢事机，区分利害，必用世法。"亦指人事上的交际应酬。宋戴复古《有感》诗："老子生来世法疏，白头思欲把犁锄。"又，对出世法而言，佛教把世间一切生灭无常的事物都叫作世法。《华严经·世主妙严品》："佛观世法如光影。"《西湖佳话·南屏醉迹》："况真不真，假不假，世法难看。"帻冠：代指汉人装束。帻，古代的头巾。古代男子用帻包裹着头，中间露出头发，帻前高后低，然后加冠。

〔十七〕抟：凭借。庄周《庄子·逍遥游》："鹏之徙于南冥，水击三千里，抟扶摇而上者九万里。"

〔十八〕墙短犹留驹影斜：此句写清兵占据梅筑作为驻扎养马之所。如小序所说，"遂毁精舍为园枥"。

〔十九〕青门：汉长安城东南门。本名霸城门，因其门色青，故俗呼为"青门"或"青城门"。《三辅黄图·都城十二门》："长安城东，出南头第一门曰霸城门。民见门色青，名曰青城门，或曰青门。门外旧出佳瓜，广陵人召平为秦东陵侯，秦破，为布衣，种瓜青门外。"晋阮籍《咏怀》之六："昔闻东陵瓜，近在青门外。"也泛指退隐之处。明陈汝元《金莲记·闻系》："青门豪迈，终南潇洒，心惊宾雁双翰，目断孤云一带。"清汪懋麟《送高念东少司寇予告归里和司农公韵》之二："不畏西风更障尘，青门回首得闲身。"

〔二十〕青蛉：即蜻蜓。汉焦赣《易林·临之夬》："青蛉如云，城邑闭门。"

〔二十一〕鲁连：即鲁仲连。齐国的高士。其一生不做官，好为人排难解纷。事见《史记·鲁仲连邹阳列传》。"龙战：《辑注》作"能战"，误，今改。本谓阴阳二气交战。《易·坤》："上六，龙战于野，其血玄黄。"后遂以喻群雄争夺天下。唐胡曾《题周瑜将军庙》诗："共说前生国步难，山川龙战血漫漫。"

〔二十二〕典属：苏武出使匈奴，被匈奴扣押十九年，守节不变。回国，封为典属国（掌管与少数民族交往事务的官员）。《汉书·百官公卿表上·典属国》："典属国，秦官，掌蛮夷降者。……属官有九译令。成帝河平元年省并大鸿庐。"

〔二十三〕身经迁播皆萍梗：此句化用李商隐诗句。李商隐《蝉》："本以高难饱，徒劳恨费声。五更疏欲断，一树碧无情。薄宦梗犹泛，故园芜已平。烦君最相警，我亦举家清。"

钟山梅下诗（八首）

　　萧子性喜梅花，而梅花无如钟山之麓之盛。少时纵游其处，遇王孙〔一〕筑草阁数椽，引余登之。仰望钟山，丹楹金瓦，鳞戢翠飞〔二〕，曜云而丽日。俯瞰其下，则梅花万树，恣放纵横，一望十余里，如坐香航浮玉海也〔三〕。辛卯夏初，复往访之，鞠为茂草矣〔四〕，王孙亦不知所之，荒凉之中，因感成诗，他无所及。

一

海天万里大明东〔五〕，花气中朝令节同〔六〕。
才见汉宫颁玉历〔七〕，忽闻桓笛怨春风〔八〕。
结庐山下无高士，挥泪霜边失侣鸿。
几度寻梅灵谷寺〔九〕，云闲今古草连空。

二

苍天白发总难期，野径梅花两不知。
海内有春藏北斗，雪中无路觅南枝。
玉龙战退盈城湿〔十〕，瑶爵轻寒引杖迟〔十一〕。
尘土飘落香未散，乾坤今见几人诗。

三

空谷伤心只自酸，三更风发总无端。
春归但藉花为历〔十二〕，僧老都忘岁已寒〔十三〕。

粉蝶一飞陵阙冷，铜驼半委雪霜残〔十四〕。

精神自足诸天外，好对西溪白玉盘。

四

老去芳游兴未删，愁多白日泪犹潸。

人瞻北阙春千里〔十五〕，香过西郊水一湾。

望帝不来翻玉树〔十六〕，洛神何处赠瑶环〔十七〕。

东风渐已回天地，鸲鹊空残冷雾间〔十八〕。

五

何处诗人宅灞桥〔十九〕，寒陵古树晚萧萧。

名花岭上供千佛〔二十〕，野雪香中阅六朝。

消息已通祠腊后〔二十一〕，飘零不为买山饶〔二十二〕。

俨然天竺先生矣〔二十三〕，犹揽残枝看碧霄。

六

海树森森在古壕，空原不见夜悲号。

枝残蒋庙三更月〔二十四〕，花乱秦淮一叶桃〔二十五〕。

香雾有神晶殿冷〔二十六〕，天寒相伴玉峰高。

可怜汉武坛犹在，何处风飘白凤膏〔二十七〕。

七

灵峦千仞腐儒情，茅屋长年住帝京。

落日石鲸栖御道〔二十八〕，孤山仙鹤散瑶琴〔二十九〕。

瘦寒有句桥边影〔三十〕，巢许无心花并名〔三十一〕。

敝履经行天路近〔三十二〕，阳和更见一枝横。

八

三槚在昔筑湖阴〔三十三〕，旧植梅花何处寻〔三十四〕。

一折不堪伤岁暮，衰年空欲卧霜林。

南朝古木交龙气〔三十五〕，西浦高人放鹤心〔三十六〕。

藤杖经行山路遍，迢迢此恨白云深。

题解

据《辑注》，此组诗辑自《壹斋集·萧汤二老遗诗合编》。据小序，知此组诗作于辛卯（1651）夏，时萧云从56岁。

自杜甫《秋兴八首》采用八首七律组诗形式感念乱离之后，历代诗人多有仿效者。萧云从这组《钟山梅下诗》也是八首七律，并不偶然。

理解这组诗，小序中有三点需要注意。一是"少时纵游其处……辛卯夏初，复往访之"。梅花早春开放，所谓"冰雪林中着此身，不与桃李混芳尘"（王冕《白梅》），初夏不是赏梅时节，故诗人旧地重游，其意不在此。二是今昔对比。昔日"梅花万树，恣放纵横"，如今"鞠为茂草矣"。但诗人并非泛泛感慨昔盛今衰，怀念"王孙"，而是对明朝沦亡的极度痛心。三是"因感成诗，他无所及"，"他无所及"是其他地方没有去，还是其他意思没有涉及呢？诗人在此用的是障眼法，其实正是提醒读者注意理解诗中"其他意思"的"点睛笔"。

由于清初统治者对汉人采取高压政策，诗人心中的反满情绪和对南明小朝廷的期望之情不便在诗中公开流露，而这些正是这组诗蕴含的主要思想感情。"愁多白日泪犹潸""空原不见夜悲号"等句属于前者，"海内有春藏北斗""南朝古木交龙气"等句属于后者。当然，这组诗中"梅"的意象内涵丰富，如"尘土飘落香未散"是讴歌梅的气节，"孤山仙鹤散瑶琴"借写林逋梅妻鹤子表达归隐（其实就是不欲出仕为清廷服务）之意等，均耐品味。

注释

〔一〕王孙：王的子孙。后泛指贵族子弟。《楚辞·招隐士》："王孙游兮不归，春草生兮萋萋。"王夫之通释："王孙，隐士也。秦汉以上，士皆王侯之裔，故称王孙。"

〔二〕鳞戢翚飞：形容屋瓦如鱼鳞排列，飞檐似鸟翅高张。戢，聚集。翚，古书上指有五彩羽毛的雉。

〔三〕香航：用香木做的船，泛指华美的船。玉海：常比喻冰雪世界。元张可久《折桂令·庚午腊月二十日立春次日大雪卢彦远使君索赋》曲：“白凤舞仙山玉海，紫箫吹明月瑶台。”这里是形容“梅花万树”，宛如花海。

〔四〕鞠：盈，多。《尔雅·释诂下》：“鞠，盈也。”鞠为茂草，言荒草丛生。

〔五〕大明：借指南京钟山一带。南京市内今有大明路，位于秦淮区。或指大明国子监，设于京师应天府（今江苏南京）鸡笼山以南（鸡笼山位于南京市玄武区，北近玄武湖，为紫金山延伸入城余脉。春秋战国时期，以其山势浑圆，形似鸡笼而得名）。永乐十九年（1421）明成祖迁都北京后改称南京国子监，常代称以“南监”“南雍”，与“北监”北京国子监并立。

〔六〕中朝：指中原。《新五代史·南汉世家·刘隐》：“是时，天下已乱，中朝士人以岭外最远，可以避地，多游焉。”

〔七〕玉历：历书。唐白居易《郡中春宴因赠诸客》诗：“是时岁二月，玉历布春分。”原指正朔，引申为历数、国运。汉焦赣《易林·屯之蒙》：“山崩谷绝，大福尽竭。泾渭失纪，玉历尽已。”

〔八〕桓笛：桓郎笛。详见《题扁舟图》注释〔一〕。

〔九〕灵谷寺：位于今南京玄武区紫金山东南坡下，中山陵以东千余米处，始建于天监十三年（514），是南朝梁武帝为纪念著名僧人宝志禅师而兴建的“开善精舍”，初名开善寺。明朝时朱元璋亲自赐名“灵谷禅寺”，并封其为“天下第一禅林”，为明代佛教三大寺院之一。《金陵梵刹志》将其与大报恩寺、天界寺并列为大刹。

〔十〕玉龙：喻雪。宋张元《雪》诗：“战退玉龙三百万，败鳞残甲满空飞。”

〔十一〕瑶爵：饰以美石的酒器，次于玉爵。《周礼·天官·内宰》：“大祭祀，后裸献则赞，瑶爵亦如之。”郑玄注：“其爵以瑶为饰。”

〔十二〕藉：《辑注》作“籍”，今改。同“借”，凭借。

〔十三〕僧老都忘岁已寒：此句化用唐代诗人太上隐者《答人》“偶来松树下，高枕石头眠。山中无历日，寒尽不知年”诗意。

〔十四〕铜驼：铜铸的骆驼。多置于宫门寝殿之前。晋陆翙《邺中记》：“二铜驼如马形，长一丈，高一丈，足如牛，尾长三尺，脊如马鞍，在中阳门外，夹道相向。"唐段成式《酉阳杂俎·物异》："汉元帝竟陵元年，长陵铜驼生毛，毛端开花。"元萨都剌《梅仙山行》："咸阳秋色压宫树，金人夜泣铜驼悲。"

〔十五〕北阙：古代宫殿北面的门楼。是臣子等候朝见或上书奏事之处。《汉书·高帝纪下》："萧何治未央宫，立东阙、北阙、前殿、武库、太仓。"常借指朝廷。唐孟浩然《归终南山》："北阙休上书，南山归敝庐。不才明主弃，多病故人疏。白发催年老，青阳逼岁除。永怀愁不寐，松月夜窗虚。"

〔十六〕望帝：相传战国末年杜宇在蜀称帝，号望帝，为蜀除水患有功，后禅位，退隐西山，蜀人思之；时适二月，子规（杜鹃）啼鸣，以为魂化子规，故名之为杜宇，为望帝。事见晋常璩《华阳国志·蜀志》。

〔十七〕洛神：传说中的洛水女神，即宓妃。后诗文中常用以指代美女。北魏郦道元《水经注·洛水》："昔王子晋好吹凤笙，招延道士，与浮丘同游伊洛之浦，含始又受玉鸡之瑞于此水，亦洛神宓妃之所在也。"

〔十八〕鸡鹊：传说中的异鸟名。晋王嘉《拾遗记·后汉》："章帝永宁元年，条支国来贡异瑞。有鸟名鸡鹊，形高七尺，解人语。其国太平，则鸡鹊群翔。"后亦指喜鹊。这里指南京的南朝楼阁鸡鹊楼。南朝梁吴均《与柳恽相赠答》诗之一："日映昆明水，春生鸡鹊楼。"唐李白《永王东巡歌》之四："春风试暖昭阳殿，明月还过鸡鹊楼。"王琦注："吴均诗：春生鸡鹊楼。是皆谓金陵之昭阳殿，鸡鹊楼也。旧注以为在长安者，非是。"

〔十九〕灞桥：桥名。本作霸桥。据《三辅黄图·桥》："霸桥，在长安东，跨水作桥。汉人送客至此桥，折柳赠别。"唐郑谷《小桃》诗："和烟和雨遮敷水，映竹映村连灞桥。"

〔二十〕千佛：即千佛岩。位于南京栖霞山栖霞寺东北侧山崖上，是从南朝齐永明二年至梁天监十年（484—511）逐渐开凿而成。所有佛像或五六尊一龛，或七八尊一室。据传，栖霞寺创建人僧绍曾梦见西岩壁上有如来佛光，于是立志在此凿造佛像。他病故后，其子在西壁上凿佛龛，镌刻了三尊佛像，其后齐梁两朝贵族竞相捐资凿石造佛。

〔二十一〕祠腊：古代在农历十二月合祭众神叫做腊，因此农历十二月叫腊月。"腊"旧同"臘"，《说文解字》："臘，冬至后三戌，臘祭百神。"

〔二十二〕买山：据南朝宋刘义庆《世说新语·排调》载："支道林因人就深

公买印山，深公答曰：'未闻巢由买山而隐。'"后以"买山"喻贤士的归隐，亦用以形容人的才德之高。晋戴逵《贻仙城慧命禅师书》："故以才堪买山，德迈同辈；崇峰景行，墙仞悬绝。"饶：富足，多。

〔二十三〕天竺：天竺是古代中国以及其他东亚国家对当今印度和巴基斯坦等南亚国家的统称。"天竺先生"借指禅师。唐王维《过乘如禅师萧居士嵩丘兰若》："无著天亲弟与兄，嵩丘兰若一峰晴。食随鸣磬巢乌下，行踏空林落叶声。涧水定侵香案湿，雨花应共石床平。深洞长松何所有，俨然天竺古先生。"

〔二十四〕蒋庙：汉末秣陵（即江苏南京）尉蒋子文逐贼至钟山脚下，不料反被贼所害，故蒋的亡灵经常在钟山一带为祟。后孙权建都秣陵，蒋子文即托梦孙权，叙述其被害过程，孙权遂追封他为"中都侯"，辖南京之阴曹地府，在南京为之建庙——蒋庙，并改钟山为蒋山，到梁武帝时又追封蒋子文为"石头城主"。

〔二十五〕一叶桃：指萧云从在南京租住地桃叶渡。据宋起凤《萧云从画学》："（萧云从）曾再游秦淮，僦居桃叶渡。比时声物繁盛，与旧院仅一水盈盈耳。日坐水轩中读书，书少倦，或拈韵成小诗壁间。"

〔二十六〕晶殿：水晶宫，亦作"水精宫"，以水晶装饰的宫殿。南朝梁任昉《述异记》卷上："阃间构水精宫，尤极珍怪，皆出之水府。"亦指传说中的月宫。宋欧阳修《内直对月寄子华舍人》诗："水精宫锁黄金阙，故比人间分外寒。"此处当指月宫。

〔二十七〕白凤膏：南朝宋刘义庆《幽明录》："汉武帝以玄豹白凤膏磨青锡屑，以酥油和之为灯，虽雨中灯不灭。"

〔二十八〕石鲸：石雕的鲸鱼。《三辅黄图·池沼》："池（昆明池）中有豫章台及石鲸。刻石为鲸鱼，长三丈，每至雷雨，常鸣吼，鬛尾皆动。"

〔二十九〕孤山仙鹤散瑶琴：此句写林和靖事。林逋（967—1028），字君复，后人称为和靖先生。隐居西湖孤山，终生不仕不娶，唯喜植梅养鹤，自谓"以梅为妻，以鹤为子"，人称"梅妻鹤子"。

〔三十〕瘦寒：此指贾岛。苏轼评孟郊贾岛有"郊寒岛瘦"语。桥边影：此指贾岛诗《题李凝幽居》："闲居少邻并，草径入荒园。鸟宿池边树，僧敲月下门。过桥分野色，移石动云根。暂去还来此，幽期不负言。"

〔三十一〕巢许：亦作"巢由"，巢父和许由的并称，指隐士。据晋皇甫谧《高士传》中记载：尧让天下于许由，许由不受而逃去，于是遁耕于中岳，颖水之阳，箕山之下。尧又召为九州长，由不欲闻也，洗耳于颖水滨。时其友巢父牵犊欲饮之，见由洗耳。问其故。对曰："尧欲召我为九州长，恶闻其声，是故洗耳。"巢父曰："子若处高岸深谷，谁能见之？子故浮游，欲闻求其名声，污吾犊口！"牵犊上流饮之。

〔三十二〕天路：指京都。前蜀韦庄《和陆谏议避地寄东阳进退未决见寄》："未归天路紫云深，暂驻东阳岁月侵。"这里指南京，与首联"茅屋长年住帝京"呼应。

〔三十三〕湖阴：指芜湖。晚唐温庭筠，因不知道芜湖附近在东晋时曾经并存有于湖县，遂将《晋书·明帝纪》中说记载的晋太宁二年（324）"六月，（王）敦举兵内向。帝密知之，乃乘巴滇骏马微至于湖，阴察敦营垒"句，错误地读成"六月，（王）敦举兵内向。帝密知之，乃乘巴滇骏马微至于湖阴，察敦营垒"，并写《湖阴曲》叙其事。这个误会，让芜湖多了一个"湖阴"的别称。

〔三十四〕旧植梅花何处寻：萧云从爱梅成癖，曾名其芜湖居处为"梅花小筑"。（见《移居诗》序）

〔三十五〕龙气：《易·乾传》："云从龙，风从虎。"后因称云雾为龙气。元顾锳《芝云堂以风林纤月落分韵得纤字》："龙气当天河鼓湿，翠痕浮树月钩纤。"亦指帝王之气。明徐渭《亚夫墓》："王者从来云不死，共疑隆准及重瞳。已占龙气成天子，却幸鸿门败乃公。"

〔三十六〕放鹤：此多与隐士、道士有关。唐杜荀鹤《题衡阳隐士山居》："闲居不问世如何，云起山门日已斜。放鹤去寻三岛客，任人来看四时花。松醪腊酝安神酒，布水宵煎觅句茶。毕竟金多也头白，算来争得似君家。"苏轼《放鹤亭记》文中记述了拜访云龙山人的一番问答及讨论，其中有山人招鹤之歌："鹤归来兮，东山之阴。其下有人兮，黄冠草屦，葛衣而鼓琴。躬耕而食兮，其余以汝饱。归来归来兮，西山不可以久留。"或用林和靖事。明钱宰《题林处士观梅图》："放鹤仙人不可招，断河残月夜闻箫。别来欲问春消息，花落西泠第二桥。"

辛卯秋至南庄作

湖庄来往任飞蓬〔一〕，不谓山田立钓翁。
旧日路旁松见顶，几年门外水连空。
秋烟已断千家爨〔二〕，花穗重遭一夜风。
叶叶白波无限恨，纷纷人哭雨声中。

题解

据《辑注》，此诗辑自《壹斋集·萧汤二老遗诗合编》。辛卯年为清顺治八年
（1651），时萧云从56岁。

此诗为芜湖水灾而作。诗人见千里农田尽成泽国，千家断炊，饿殍遍地，哀
怜之余，作此诗。

注释

〔一〕飞蓬：形容头发蓬乱。《诗经·卫风·伯兮》："自伯之东，首如飞蓬。
岂无膏沐，谁适为容。"

〔二〕爨：烧火做饭，亦指灶。宋范成大《栾城》诗："颓垣破屋古城边，客
传萧寒爨不烟。"

辛卯十月初度

忆昔燕台称壮游〔一〕，十年一别困沧州〔二〕。

读书漫说身当致〔三〕，临老曾无国可忧。

青镜不堪霜鬓雪，黄花犹系九秋愁。

龙蛇又复嗟明岁〔四〕，目极西山楚水流。

题解

据《辑注》，此诗辑自《壹斋集·萧汤二老遗诗合编》。辛卯年为清顺治八年（1651），时萧云从56岁。

此诗是诗人生日自述诗。诗人先回顾昔年壮游燕台、困顿沧州的前尘往事；接着感慨自己读书不是为了做官（言下之意是欲为国效命），但是如今年华老去，明朝亦亡，已经没有为国分忧的机会了；最后由辛卯为兔年，联想起"龙蛇"年即将接踵而至，故借"龙蛇"二字，语带双关地表达了对国难中处于困厄之境的百姓命运的担忧。

注释

〔一〕燕台：指冀北一带。唐祖咏《望蓟门》诗："燕台一去客心惊，箫鼓喧喧汉将营。"

〔二〕沧州：今河北沧州，因濒临渤海而得名。明代属北直隶省河间府，清代属直隶省河间府，部分县属天津府。

〔三〕漫说：别说，不要说。唐司空图《柳》诗之一："漫说早梅先得意，不知春力暗分张。"身当致：即应当致身。致身，《论语·学而》："事父母能竭其力，事君能致其身，与朋友交言而有信。"原谓献身，后用作出仕之典。唐杜甫《乾元中寓居同谷县作歌》之七："长安卿相多少年，富贵应须致身早。"

〔四〕龙蛇：指贤士困厄之时。《汉书·扬雄传上》："以为君子得时则大行，不得时则龙蛇。"明许潮《武陵春》："老夫秦朝人也，不幸时逢阳九，岁值龙蛇。"又，成语有"岁在龙蛇"。《后汉书·郑玄传》："五年春，梦孔子告之曰：'起，起，今年岁在辰，来年岁在巳。'既寤，以谶合之，知当命终，有顷寝疾。"李贤注："北齐刘昼《高才不遇传》论玄曰'辰为龙，巳为蛇，岁至龙蛇。贤人嗟，玄以谶合之'，盖谓此也。"后谓命数当终为"岁在龙蛇"。萧云从此诗作于辛卯年，其后即为壬辰年、癸巳年，分别是龙年、蛇年，故有此感叹。

郡城王希文宅海棠大放，因忆报国寺所见

江左犹存王谢家〔一〕，伤心一树海棠花。

常悲帝里春光尽〔二〕，又傍姑溪暮雨斜。

寒食开时才乳燕，垂丝幽处不藏鸦〔三〕。

主人解得年芳恨，拌醉如泥卧锦霞〔四〕。

题解

据《辑注》，此诗辑自《壹斋集·萧汤二老遗诗合编》。王希文，姑孰（今安徽当涂）人，萧云从友人。据方文《鲁山集》卷九乙未作《姑溪哭王希文》诗，知其于乙未年（1655）逝世。报国寺，多地有之。此处据诗中"帝里"一词，当指南京报国寺。

此诗借写观友人王希文宅海棠事，表达对明亡的叹惋之情。所谓"帝里春光尽"暗示明亡的现实，而诗人对此无能为力亦无可奈何，只能像"主人"那样，"拌醉如泥卧锦霞"了。

注释

〔一〕王谢：六朝望族王氏、谢氏的并称。《南史·侯景传》："景请娶于王谢，帝曰：'王谢门高非偶，可于朱张以下访之。'"后以"王谢"为高门世族的代称。唐刘禹锡《乌衣巷》诗："旧时王谢堂前燕，飞入寻常百姓家。"

〔二〕帝里：犹言帝都，京都。《晋书·王导传》："建康，古之金陵，旧为帝

里，又孙仲谋、刘玄德俱言王者之宅。"

〔三〕藏鸦：古人以为鸦多栖于柳树。唐李商隐《谑柳》："已带黄金缕，仍飞白玉花。长时须拂马，密处少藏鸦。眉细从他敛，腰轻莫自斜。玳梁谁道好，偏拟映卢家。"

〔四〕拌醉：不惜一醉。拌，不顾惜。锦霞：喻灿烂似锦的繁花。元史九敬先《庄周梦》第二摺："武陵溪畔是吾家，妖艳春深绽锦霞。"

同方尔止、方位伯饮计部宋玉叔署中

粉署寒花自耐芳〔一〕，升沉共叹在冰霜。

江边解醉鱼多旨，秋后题诗雁数行。

仙史有情邀待月〔二〕，玉人无梦得还乡〔三〕。

鸣笳苑外相催去〔四〕，归度中流尚夕阳。

题解

据《辑注》，此诗辑自《壹斋集·萧汤二老遗诗合编》。方尔止即方文，安徽桐城人；方位伯，方以智子，方文侄孙；宋玉叔即宋琬，据《清诗别裁集》卷二：“宋琬，字玉叔，山东莱阳人，顺治丁亥进士，官浙江按察使，著有《安雅堂集》。”三人皆萧云从友人。计部，明清称户部为计部。明张居正《张文忠集·书牍四·答三边总督郜文川》：“年例及监银，已告计部给发。”宋琬曾任户部主事，据张宪华考证，宋琬亦曾在芜湖榷关任职，约在1650年离任。故此诗当写于宋琬离任前。（《皖江历史与文献丛稿》）

此诗首联写与“寒花”共冰霜，实际上是感叹人生命途多舛；颔联写与友人饮酒赋诗的场景；颈联的“仙史有情，玉人无梦”，是写宋琬盛情相邀雅集，自己也暂时忘却乡愁；尾联写宋琬即将离任归去，夕阳余晖，益增与友人离别的怅惘。

（注）（释）

〔一〕粉署：即粉省，尚书省的别称。唐杜甫《秋日夔府咏怀奉寄郑监李宾客一百韵》："雾雨银章涩，馨香粉署妍。"这里指宋琬官署。

〔二〕仙史：当为"仙使"，神仙的使者。《艺文类聚》卷三二引南朝陈伏知道《为王宽与妇义安主书》："玉山青鸟，仙使难通。"

〔三〕玉人：容貌美丽的人。唐元稹《莺莺传》："隔墙花影动，疑是玉人来。"亦指仙女。唐贾岛《登田中丞高亭》诗："玉兔玉人歌里出，白云谁似莫相和。"此处或是对宋琬的戏称，因宋琬字玉叔。

〔四〕鸣笳：吹奏笳笛。古代贵官出行，前导鸣笳以启路。亦作进军之号。三国魏曹丕《与梁朝歌令吴质书》："从者鸣笳以启路，文学托乘于后车。"

宿慈姥镇

一别金陵已陆沉〔一〕，横波深树叹时霪〔二〕。
天高慈姥空垂泪，夜永苍龙何处吟〔三〕。
十里江声闻古驿，五更乡梦续寒衾。
年来茅店听鸡唱〔四〕，迷却羁魂逐好音〔五〕。

题解

据《辑注》，此诗辑自《壹斋集·萧汤二老遗诗合编》。慈姥镇，《读史方舆
纪要》卷二十"江宁府"条下云："慈姥山，府西南百十里，以山有慈姥庙而
名。积石临江，崖壁峻绝。一名鼓吹山，以山产箫管也。山下有慈姥溪，与太平
府当涂县接界。"

此诗感时伤怀。作年不详，从内容看，应当是在明亡不久。首联写离别金陵
突出"陆沉"并且以淫雨霏霏洪水滔滔象征明廷覆亡天下大乱景象；颔联上句
"空垂泪"写极度哀伤又无可奈何之情，下句苍龙吟暗示人民的苦难远未结束；
尾联则以"逐好音"表达对南明诸王的希望。

注释

〔一〕陆沉：比喻国土沦陷于敌手。南朝宋刘义庆《世说新语·轻诋》："桓
公入洛，过淮泗，践北境，与诸僚属登平乘楼，眺瞩中原，慨然曰：'遂使神州
陆沉，百年丘墟，王夷甫诸人，不得不任其责！'"亦指隐逸之士。唐白居易

《送张南简入蜀》诗："昨日诏书下，求贤访陆沉。"

〔二〕横波：横流的水波。《楚辞·九歌·河伯》："与女游兮九河，冲风起兮横波。"霪：连绵不停的过量的雨。

〔三〕苍龙：指太岁星。古代术数家以太岁所在为凶方，故亦指凶恶的人。《后汉书·张纯传》："今摄提之岁，仓龙甲寅。"唐李贤注引《前书音义》："苍龙，太岁也。"

〔四〕年来茅店听鸡唱：此句化用唐温庭筠《商山早行》："晨起动征铎，客行悲故乡。鸡声茅店月，人迹板桥霜。槲叶落山路，枳花明驿墙。因思杜陵梦，凫雁满回塘。"

〔五〕羁魂：指旅人的心情心境。宋张泌《秋晚过洞庭》诗："莫把羁魂吊湘魄，九疑愁绝锁烟岚。"

舟过寒壁

寂寂群峰隔渺茫，舟人无语听寒螀〔一〕。

平湖日落孤帆远，矗壁天开千尺强。

菱实几家供岁饱〔二〕，荷风随橹散秋芳。

无鱼尚欲频牵网，枯草横空不忍望。

题解

据《辑注》，此诗辑自《壹斋集·萧汤二老遗诗合编》。寒壁，即荆山寒壁，为芜湖古八景之一。据《大清一统志》卷一二〇《太平府一》："（荆山）在芜湖县东南十六里，有大小二山，夹河对峙，有岩石之胜。"

此诗写平民生活的艰难，表达了对他们的深切同情。前两联写景亦渲染悲凉气氛，后两联则是叙述心境悲凉的原因——百姓没有吃的，只能采摘菱实充饥；渔民辛勤捕捞，却每每空网。结句以寒壁之上"枯草横空"呼应起句，益增感伤。

注释

〔一〕寒螀：即寒蝉。《尔雅·释虫》："蜺寒蜩。"晋郭璞注："寒螀也。似蝉而小，青赤。《月令》曰：'寒蝉鸣。'"借指深秋的鸣虫。唐张仲素《秋思》诗之一："碧窗斜月蔼深晖，愁听寒螀泪湿衣。"

〔二〕菱实：菱，一年生水生草本植物，果实有硬壳，有角，称"菱"或"菱角"，可食。

题万壑松声图

沧桑空作世中情，谁记尧年献雉羹[一]。

化国虽长今八代[二]，人风如见古三更。

蒲车不复征辕固[三]，宝典犹传授伏生[四]。

万古峰头云冉冉，往来无碍听松声。

题解

据《辑注》，此诗辑自北京翰海拍卖公司2006年秋拍之萧云从《万壑松声图》。诗后题："壬辰上元恭祝继翁表叔父九十大寿。小侄萧云从。"据此，知诗作于1652年，时萧云从57岁。

此诗为长辈祝寿而作。颈联运用典故颂表叔道德文章，典雅得体；尾联则用"往来无碍听松声"祝愿表叔长寿安康，蕴藉有味。

注释

〔一〕雉羹：相传是4000多年前彭祖所创。他用亲自调制的味道鲜美的雉羹，即野鸡汤，献给尧帝食用，治愈了尧帝的疾病。尧帝便把彭城封给他，所以后世称他为彭祖。屈原《楚辞·天问》中："彭铿斟雉，帝何飨？受寿永多，夫何久长？"王逸注："彭铿，彭祖也。好和滋味，善斟雉羹，能事帝尧，帝尧美而飨食之也。"宋代洪兴祖补注："彭祖姓篯名铿，帝颛顼玄孙，善养气，能调鼎，进雉羹于尧，封于彭城。"

〔二〕化国：教化施行之国。宋苏轼《郊祀庆成诗》："化国安新政，孤臣反旧耕。"八代：指继翁表叔历经数朝。萧云从在诗中夹注："翁生自嘉靖年。"

〔三〕蒲车：用蒲草裹着车轮的车子。古代用于封禅或征聘隐士。车的轮子用蒲草包裹，以防颠簸。用以迎送德高望重的人，表示优礼。晋皇甫谧《高士传·申屠幡》："事毕还家，前后凡蒲车特徵，皆不就。"

〔四〕伏生：一作伏胜，字子贱，生于周赧王五十五年（前260），卒于汉文帝三年（前161），西汉经学者。曾为秦博士。秦时焚书，于壁中藏《尚书》，汉初，仅存二十九篇，以教齐鲁之间。文帝时求能治《尚书》者，以年九十余，老不能行，乃使晁错往受之。西汉今文《尚书》学者，皆出其门。

游荆山朱园

绝壁天开未易亲，秋红重见昔年春。

石边虎迹随常说〔一〕，树里蝉声到处闻。

草阁欲登无履版〔二〕，粉垣空画有残云〔三〕。

百年松竹堪樵采，谁向灵岩问主人〔四〕。

（题）（解）

据《辑注》，此诗辑自清康熙十二年《太平府志·艺文志》。荆山，在芜湖县东南。据黄钺《壹斋集》之《庚寅九月六日游荆山》诗注："荆山下国初有朱孝廉读书处，沿湖一带为江宁将军牧马厂，是为朱园。"

此诗写游园，实际上是怀念友人朱西雍（简介见《过荆山朱西雍旧亭有感》）。诗人由眼前秋色回想起昔年交游，不禁油然而生物是人非的感伤。

（注）（释）

〔一〕虎迹：《列仙传》："历阳有彭祖仙室，前世祷请风雨，莫不辄应。常有两虎在祠左右，祠讫，地即有虎迹，云后升仙而去。遐哉硕仙，时唯彭祖。"这里是说朱西雍已经仙逝。

〔二〕履版：《辑注》作"覆版"，误，今改。履版，穿着木屐。清顾炎武《菰中随笔》："晋简文帝作相，召谢万为抚军从事中郎，万着白纶巾，鹤氅裘，履版而前。"

〔三〕粉垣：粉墙、白墙。金代吴激《浣溪沙》词："绣馆人人倦踏青，粉垣深处簸钱声。"

〔四〕灵岩：指仙山。晋庾阐《孙登隐居》诗："灵岩霞蔚，石室鳞构，青松标空，兰泉吐牖。"

过荆山朱西雍旧亭有感

花园不耐老相亲，别后空过三十春。

乱石闭门无处入，秋声盈树不堪闻。

平芜一望连天水^{〔一〕}，峭壁千寻宿暮云。

万分凄凉难忍去，空山泪断旧时人^{〔二〕}。

题解

据《辑注》，此诗辑自清康熙《芜湖县志》卷十三《艺文·诗》。朱西雍，据张万选《太平三书》载萧云倩诗《同沈昆桐朱西雍家尺木月盘山得雷峰二字正韵》，知朱西雍系萧云从友人。据吴翻《复社姓氏录》载，朱西雍，名有章，芜湖人，曾与萧云从一同加入复社。

据诗中"别后空过三十春""空山泪断旧时人"二句，此诗为萧云从晚年怀友之作。诗人以乱石、暮云等渲染破败冷落之景，烘托凄凉之情。

注释

〔一〕平芜：草木丛生的平旷原野。南朝梁江淹《去故乡赋》："穷阴匝海，平芜带天。"

〔二〕据萧云从诗《游荆山朱园》"百年松竹堪樵采，谁向灵岩问主人"，朱西雍已先辞世。故尾联直抒胸臆，表达痛悼友人之情。

题赏菊图（三首）

　　疃楚〔一〕社盟翁读书园林，购菊百十，类以为菊，乃作图附诗二律敬赠，纪盛事，一著吾侪也乐。

一

　　　　冒雨频将野菊寻，先生三径绕芳林〔二〕。
　　　　书摊白日浑无事，酒对黄花只此心。
　　　　晚节篱边游履敝〔三〕，残秋松下闭门深。
　　　　繇来汐社存吾辈〔四〕，相纳明朝更抱琴〔五〕。

二

　　　　虚堂何事托闲身〔六〕，秋色迷离自可人。
　　　　饮酒独知陶令乐，买花不计阮家贫〔七〕。
　　　　高寒得并枝盈丈，久雨偏留香隔旬。
　　　　日落苦唫金谷里〔八〕，南山相照半帘春〔九〕。

三

　　又同玄翼、旁序、东图、沂梦、旸白、家盟升、位歆过疃楚〔十〕，松下看菊小饮之作，并录呈教。

　　　　自讶弥旬苦雨行〔十一〕，空山何复见新晴。
　　　　篱花不减岩霜色〔十二〕，松叶犹闻旧日声。

泽国双螯惊岁歉〔十三〕，湘天一雁趁风轻〔十四〕。

年来白发欢游少，共酌残阳惜落英。

题解

据《辑注》，此组诗辑自安徽艺海拍卖公司2007年拍卖会之萧云从《赏菊图》。诗后题："钟山老人萧云从。"按：《辑注》中这三首诗错漏字较多，今均据萧云从原图题跋改或补。

这三首诗写与友人雨中赏菊情景，借赞美连绵秋雨中菊花容颜不改，暗香依旧，寓自己与友人志节不变之意。从诗中也可以感受到诗人虽然生活贫寒，但是因为有同道友人相随相伴，精神上是愉悦的。

注释

〔一〕躔楚：据《萧云从丛考》（线装书局2012年版，第63页），躔楚姓张，生平不详。

〔二〕三径：晋赵岐《三辅决录·逃名》："蒋诩归乡里，荆棘塞门，舍中有三径，不出，唯求仲、羊仲从之游。"后因以"三径"指归隐者的家园。晋陶渊明《归去来兮辞》："三径就荒，松菊犹存。"

〔三〕履：鞋。成语有"削足适履"。

〔四〕汐社：宋遗民谢翱创立的文社名。宋方凤《谢君翱行状》："（谢翱）后避地浙水东，留永嘉、括苍四年，往来鄞越。复五年，大率不务为一世人所好，而独求故老与同志，以证其所得。会友之所名汐社，期晚而信，盖取诸潮汐。"

〔五〕相纳：一般词典无此词。《辑注》作"相纳"，查萧云从原图亦为"相纳"。"纳"有"结交"义。相纳，相互结交为友。《宋史·张忠恕传》："魏了翁闻之，更纳交焉。"

〔六〕虚堂：《辑注》作"虚坐"，不合平仄，亦与萧云从原图不符。今改。虚堂即高堂。南朝梁萧统《示徐州弟》："屑屑风生，昭昭月影。高宇既清，虚堂复静。"

〔七〕不计：《辑注》作"衣计"，误，今改。阮家贫：指阮籍家庭贫困。《世说新语·任诞》："阮仲容、步兵（指阮籍——引者注）居道南，诸阮居道北；北阮皆富，南阮贫。七月七日，北阮盛晒衣，皆纱罗锦绮；仲容以竿挂大布犊鼻裈于中庭。人或怪之，答曰：'未能免俗，聊复尔耳！'"

〔八〕唫：同"吟"。《玉篇·口部》："唫，亦古吟字。"金谷：本指晋富豪石崇所建之金谷园，后泛指仕宦文人游宴饯别场所。

〔九〕南山相照半帘春：《辑注》此句缺"相、春"二字。今补。

〔十〕又同玄翼、旁序、东图、沂梦、晹白、家盥升、位歜过躔楚：玄翼、沂梦即萧云从友人汤燕生、方沂梦。另据《萧云从丛考》（线装书局2012年版，第63页），东图即萧云从弟子张秀壁。据民国《芜湖县志》卷五十一《人物志·方伎》：萧一荐，字盥升；萧一其，字位歜。二人乃萧云从侄子。其余二人不详。过：拜访。

〔十一〕自讶弥旬：《辑注》作"自诗弥句"，误，今改。弥旬，十多天。

〔十二〕篱花：指菊花。《辑注》作"蓠"，误，今改。清曹寅《寄姜绮季客江右》诗："九日篱花犹寂寞，六朝粉本渐模糊。"

〔十三〕双螯：螃蟹两只前爪，借指螃蟹。《万历野获编》卷二十六："宋朱勔横于吴中，时有士人咏蟹讥之，中联云：水清讵免双螯黑，秋老难逃一背红。盖勔少曾犯法，鞭背黥面，故以此嘲。"或指蟛蜞。《岭表录异》卷下："蝎朴，乃大蟛蜞也。壳有黑斑，双螯一大一小，常以大螯捉食，小螯分自食。"蟛蜞学名相手蟹，喜食腐殖质，主要吃河里的微生物还有紫泥以及小贝壳，也用螯足钳断稻叶吸取液汁。钻洞能力很强，行走速度快，是常见的淡水小型蟹类。此句借蟛蜞不得食物，谓农民歉收。

〔十四〕湘天：犹言水天。宋秦观《阮郎归》："湘天风雨破寒初，深沉庭院虚。"

第
七
辑

《归寓一元图》题诗

凌云寓庵

寓宇凌云畔，溪山乐自闲。

传言仙寄迹〔一〕，蓬鸟亦何攀〔二〕。

(题)(解)

本辑诗系萧云从《归寓一元图》题诗，共四十七首。《归寓一元图》为组画长卷，据首图僧净儒题跋及萧云从尾跋"丙申春仲，就櫂宛陵。应郡侯之约，暇则寻幽探胜，而览敬亭诸峰……"（《辑注》第133页），知所绘为宛陵（今安徽宣城）和姑溪名胜，"寓即归也，归即寓也，合名《归寓一元图卷》。"题诗作于顺治十三年（1656），诗人时61岁。

凌云寓庵在当涂凌云山。此诗写寄情山水之乐。引用庄子的典故，是说世俗之人恰似蓬鸟，是无法理解此中乐趣的。

(注)(释)

〔一〕清张万选《太平三书》卷一："凌云山，上有石洞为陈罗二仙隐处。南麓濒姑溪，有钓鱼台，二仙旧迹也。"

〔二〕蓬鸟：指嘲笑鲲鹏的斥鷃。语出《庄子·逍遥游》："斥鷃笑之曰：'彼且奚适也？我腾跃而上，不过数仞而下，翱翔蓬蒿之间，此亦飞之至也。而彼且奚适也？'此小大之辩也。"这里指世俗之人。

泥陂梅月

陂前留古树，遍体散冰花[一]。
忽盼兹山影，疑生月尚华[二]。

题解

泥陂，地名。《太平三书》卷一载："尼山，在郡城东南，隔溪上有百花头上亭，其麓古梅数十木，仿佛玄圃罗浮。……亭久废。郡人曹光禄约其友倪清涯结庵山下，至以诗记之，亦韵事也。"

玄圃是传说中昆仑山顶的神仙居处，中有奇花异石。罗浮本系山名，在广东省东江北岸。风景优美，为粤中游览胜地。晋葛洪曾在此山修道，后代指修道之所。此诗写泥陂梅花月色，一片清凉世界，表现了诗人高雅的情趣。

注释

〔一〕冰花：雪花。这里指梅花。《友古词·点绛唇》："绿萼冰花，数枝清影横疏牖。玉肌清瘦。夜久轻寒透。忍使孤芳，攀折他人手。人归后。断肠回首。只有香盈袖。"

〔二〕月华：月光，月色。南朝梁江淹《杂体诗·效王微<养疾>》："清阴往来远，月华散前墀。"

横山晚烟

山横形自接，云树与天交〔一〕。
夜月烟含影，风鸣叶共敲〔二〕。

题解

横山，又名横望山。据《重修太平府志》卷一《舆地志》："横望山在府城东北永保乡，即春秋楚子重伐吴所至之地。其山四望皆横，故名。上有陶弘景隐居、石门古祠、五井、丹灶诸景。"

此诗写横山景色，突出夜月晚烟，风吹落叶的凄清，且化用东坡诗句，寄寓了诗人的情感，反映其心境的悲凉。

注释

〔一〕云树：高耸入云的树木。宋柳永《望海潮》："云树绕堤沙，怒涛卷霜雪。"

〔二〕风鸣叶共敲：化用苏轼"夜来风叶已鸣廊"句意。宋苏轼《西江月》："世事一场大梦，人生几度新凉。夜来风叶已鸣廊。看取眉头鬓上。酒贱常愁客少，月明多被云妨。中秋谁与共孤光。把盏凄然北望。"

金柱平高

极目流虹远，平高夕照收〔一〕。
莼鲈曾寄志〔二〕，白练映光浮。

题解

金柱即当涂县金柱塔，塔为六角造型，共七层。据《大清一统志》卷一二〇《太平府一》记："金柱山，府志，在当涂县西三里。宣歙诸水经姑溪入江，奔泻于此，行家病之。明万历时，知县令章嘉祯于西岸之抱流沙筑土成山。以掘地得金，称金柱。建浮屠以锁水口。岁久圮。"

此诗写登临金柱，极目远眺湖光山色，怡然自得之间，忽思张翰淡泊名利，辞官归隐事。表达了诗人喜爱此间山水美景，欲终老江湖之情。

注释

〔一〕平高夕照收：此句《辑注》作"平高夕照牧"，误，今改。平高，据《辑注》注，疑为"凭高"。

〔二〕莼鲈：用西晋文学家张翰典故。张翰，字季鹰，吴郡吴江（今江苏苏州）人。《世说新语·识鉴》："张季鹰辟齐王东曹掾，在洛，见秋风起，因思吴中莼菜羹、鲈鱼脍，曰：'人生贵得适意尔，何能羁宦数千里以要名爵！'遂命驾便归。俄而齐王败，时人皆谓为见机。"

万 顷 湖

古木闻啼鸟〔一〕，空山见牧人〔二〕。

万顷湖波涌，松梢日正升。

题解

万顷湖或为湖名。百亩为一顷，万顷即百万亩。"万顷"常用以形容面积广阔。此诗写清晨自然山水，生机一派。山中本来寂静，因为牧人与放牧的牛羊而显得热闹。这种非常难得的人与自然和谐的场景，正是诗人追求的境界。

注释

〔一〕古木：指枝茂叶繁异常高大的古老树木。唐岑参《题三会寺苍颉缘字台》："野寺荒台晚，寒天古木悲。"

〔二〕牧人：放牧牲畜的人。唐王绩《野望》诗："牧人驱犊返，猎马带禽归。"

山 居

畏世妄尘迹〔一〕，山穷鸟寂稀。
风来声入户，云到影为衣〔二〕。

题解

山居，山中的住所。此诗写山居之乐。虽然只有风声云影相伴，山居的环境略显冷清，但是没有世俗的烦扰，也是令人欣慰的。

注释

〔一〕畏世：畏惧世俗人事。清钱谦益《仙坛倡和诗十首·其六》："生尝畏世谙谈虎，术不逢时学蓁龙。"妄尘迹：意谓过去的一切已成虚妄。尘迹，犹陈迹。唐羊士谔《梁国惠康公主挽歌词》："汤沐成尘迹，山林遂寂寥。"

〔二〕云到影为衣：形容云影缥缈如仙人所着衣裳。古人常用"云衣"形容云气。宋林逋《闻越僧灵皎游天竺山因而有寄》："峰晓云衣破，溪寒石色深。"

姑溪九日

倚槛平澜静，破窗见远山〔一〕。
帆开波影乱，鸟出树云关〔二〕。

（题）（解）

姑溪，一名姑熟溪，即今安徽当涂县姑溪河。《元和志》卷二十八："（姑熟水）在（当涂）县南二里，县名因此。"

此诗当为诗人喜爱姑溪美景，因而逗留多日而作。诗人无论是倚槛观水，"帆开波影乱"；还是临窗望山，"鸟出树云关"，其眼前之景不仅充满生机，而且隐喻着催人奋发的力量。

（注）（释）

〔一〕破：超出。此句意谓目光越过窗口，而见远山景象。
〔二〕鸟出树云关：此句意谓鸟飞走之后，云烟又在树梢缭绕不绝。

三日无粮

尼父居陈日〔一〕，金仙雪岭时〔二〕。
三朝令我验〔三〕，七夕在儒驰〔四〕。

题解

诗人此次应邀游览宛陵，并无断粮之虞，故此诗所写或为诗人与僧净儒谈佛论道时的感悟。唐司空图曾作《与伏牛长老偈》诗："不算菩提与阐提，惟应执着便生迷。无端指个清凉地，冻杀胡僧雪岭西。"对执着于一定的坐禅修道方式的僧徒有讽刺意味。此诗则反其意，以孔子周游列国不畏艰难布道与释迦牟尼雪岭刻苦修行的精神自励。

注释

〔一〕尼父居陈：指孔子厄于陈、蔡事。《孔子家语·在厄》："孔子厄于陈、蔡，从者七日不食。子贡以所赍货，窃犯围而出，告籴于野人，得米一石焉。"

〔二〕金仙：指释迦摩尼。金仙是对佛祖的称呼。道教亦把仙人的最高境界称为大罗金仙（一说天仙）。道教以修至三花聚顶、五气朝元为最高境界，成为金仙。唐李白《与元丹丘方城寺谈玄作》诗："朗悟前后际，始知金仙妙。"雪岭：印度之北境有高耸大山，千古顶雪，称为雪岭或雪山。释迦牟尼曾于雪山苦行，修菩萨道。后指佛教圣地或僧侣住地。唐鲍溶《怀惠明禅师》诗："雪岭无人又问来，十年夏腊平安否？"

〔三〕三朝令我验：让我体验了三天。三朝，谓三日。唐李白《上三峡》诗："三朝上黄牛，三暮行太迟。三朝又三暮，不觉鬓成丝。"

〔四〕七夕在儒驰：大意是说，孔子能够安然度过七天的危难，还靠子贡奔劳。此句中的"在"有"由于"的意思，如"谋事在人成事在天"。儒，指子贡。七夕，本来特指农历七月七日，此处用"夕"与"朝"相对。

景山传雷

奇峰挺秀逼山关，此日登临绝顶攀。
石洞金书谁授手〔一〕，今言雷发景山间〔二〕。

题解

景山，清乾隆《当涂县志》卷五载："月盘山，一名景山，在楚山四里许，亦称雷峰，以德清道院祀雷神，故名。"

雷神是神话中主管打雷的神，俗称雷公。《山海经·海内东经》："雷泽中有雷神，龙身人头，鼓其腹则雷。"道教素有雷神崇拜。《明史·礼志四》："雷声昔化天尊者，道家以为总司五雷，又以六月廿四为天尊现示之日，故岁以是日遣官诣显灵宫致祭。"并且道教中还有招请雷神的雷法，此法以符箓法术为用，镇妖捉鬼炼度亡魂、召神驱邪、兴云致雨。此诗或表达诗人对风调雨顺、物阜民丰的希望。

注释

〔一〕石洞金书：指道教或佛教之经典。《汉武内传》："侍女纪离容至云：'尊母欲得金书秘字六甲灵飞左右策精之文十二事。'"

〔二〕雷发：响雷。"发"，产生，兴起。此处或有双关意，因佛教称佛说法的声音为雷音，谓其如雷震。

白纻松风

供奉青山名实注〔一〕，桓公白纻姓空留〔二〕。

松风韵动惊栖鹤，露滴声敲起宿鸠。

题解

清乾隆《当涂县志》卷五载："白纻山在郡治东五里……本名楚山，晋桓温携妓游此，歌白纻词，故名。"

此诗前两句将李白与桓温进行对比，表明对功名富贵视若浮云。后两句既是写景——惊起的栖鹤、宿鸠更增环境的清幽，也是借景抒情——栖鹤、宿鸠被惊起不得安宁或象征人心不易清净也。

注释

〔一〕供奉：官名。唐朝侍奉皇帝左右之人。中书、门下主要官员称供奉官，朝谒时别为一班，最接近皇帝，其余百官依品秩为班。武则天时，御史、拾遗、补阙加置内供奉员。玄宗时又有翰林供奉，为翰林学士前身。此处指李白。因玄宗曾让他供奉翰林，做自己的文学侍从。注：记载，登记。《广韵·遇韵》："注，注记也。"此句谓李白美名永存青山。

〔二〕桓公：指桓温。桓温（312—373），字元子（一作符子），谯国龙亢（今安徽怀远龙亢镇）人。东晋政治家、军事家、权臣，谯国桓氏代表人物，东汉名儒桓荣之后，宣城内史桓彝长子。桓温曾在晚年逼迫朝廷加其九锡，但因谢安等人借故拖延，直至去世也未能实现。死后谥号宣武。

勋卿曹公梅

当年种植是名人，历尽天功化育真〔一〕。
瘦骨含香非艳色，冰肌独秀绝烽尘〔二〕。

题解

勋卿曹公指曹履吉（？—1642），太平府当涂（今安徽当涂）人。幼赋异质，早有文誉。明万历四十四年（1616）进士，授户部主事，历官河南学宪，晋光禄少卿归。诗及书法有晋、唐遗韵；山水师倪瓒，笔力高雅。著有《博望山人稿》《辰文阁集》等。

此诗赞美梅冰清玉洁，不以艳色媚人的品格，也是颂扬曹履吉的为人。诗人与曹履吉次子曹梁父是好友（见本书《曹梁父招同诸子湛亭分韵》题解），故特地写了这首诗。

注释

〔一〕天功：自然的功绩。《荀子·天论》："天职既立，天功既成，形具而神生。"化育：化生长育。《礼记·中庸》："能尽物之性则可以赞天地之化育，可以赞天地之化育则可以与天地参矣。"

〔二〕烽尘：《辑注》作"峰尘"。疑误，今改。指烽火和烟尘，借指战乱。元宫天挺《范张鸡黍》第一摺："想高皇，本亭长，区区泗水滨。将诸侯，西入秦，不五年，扫清四海绝烽尘。"明高启《与刘将军杜文学晚登西城》诗："相期俱努力，天地正烽尘。"此处有"尘世"义。

月 上 閣

天星点点借身识^{〔一〕}，皓月明明觉性初^{〔二〕}。
过客词源流不尽^{〔三〕}，山僧酒债更犹储^{〔四〕}。

题解

閣，本义是闭门，这里指楼阁。月上閣未详何处，据诗人游踪考查，当在当涂某地。此诗前两句写禅悟，希望一如明月，保持清净本心。后两句写与友人聚饮谈笑之乐。

注释

〔一〕身识：佛教语。"六识"之一，由身体接触外界事物所获得的认识。佛教以身为触根，故称。南朝梁江淹《赠炼丹法和殷长史》："身识本烂熳，光曜不可攀。"

〔二〕性初：人性之初。《明儒学案·卷五十六·诸儒学案下四》："上智下愚，俱是积习所成，积习既成，迁改不动，如他性初，何曾有上知下愚之别？"

〔三〕词源：喻滔滔不绝的文词。南朝梁沈约《为齐竟陵王发讲疏》："而词源海广，理涂灵奥。"唐杜甫《醉歌行》："词源倒流三峡水，笔阵独扫千人军。"

〔四〕酒债：因赊饮所负的债。唐杜甫《曲江》诗之二："酒债寻常行处有，人生七十古来稀。"

圩村农畴

墅树莺啼农正忙，男耕女织遍村乡。
烟柳新抽桃挟景〔一〕，池塘风动荇荷香〔二〕。

题解

圩即江淮低洼地区周围防水的堤，圩村即有圩围住的村庄。此诗写江南水乡宜人的景色以及男耕女织繁忙的景象，寄托着诗人对人民能够得到休养生息的美好愿望。

注释

〔一〕桃挟：一作"挑挟"，挑有"拨弄，引动"意；景，古同"影"，影子。此句谓风吹杨柳，杨柳似在逗弄自己的影子。

〔二〕荇：多年生草本植物，叶略呈圆形，浮在水面，根生水底，夏天开黄花，结椭圆形果。

丹湖秋景

苇岸秋深雁落迟，湖光接月滟同时[一]。
渔舟罢猎归村畔[二]，群聚相谈醉酒卮。

题解

丹湖为丹阳湖简称，湖在今安徽当涂县东南。《大清一统志·太平府一》："《县志》：（丹阳湖）在县东南七十里，与溧水、高淳皆以湖心为界。东西七十五里，南北九十里。稍东为固城湖，东为石臼湖，统名曰三湖。徽、池、宁国、广德、江宁之水，俱汇于此，为府境之巨浸。"现以泥沙沉淀，大部已淤塞筑成圩田。

此诗描写丹阳湖美丽秋色，同时写渔民的劳作与收获后的欢聚场景。诗人为人民能够过上和平安宁的生活感到喜悦。

注释

〔一〕滟：水闪闪发光。宋苏轼《饮湖上初晴后雨》："水光潋滟晴方好，山色空蒙雨亦奇。"
〔二〕渔舟：据《辑注》，原作"鱼舟"。罢猎：这里指捕鱼。

灵虚四景

天霁烟云丹灶收〔一〕，风生雨阁景同秋。
仙坛遗迹空悬绝〔二〕，树老春来尚自由。

题解

据《重修太平府志·卷一·舆地志》："灵墟山在府城东，世传丁令威学道飞升于此，山椒坛址犹存。山有洞，后有井，大旱不竭。"据民国《当涂县志稿》载："灵虚四景"为灵轴朝烟、仙洞闲云、炼溪新涨、凤竹晓月。

此诗中，诗人用"仙坛遗迹空悬绝"表示对"得道飞升"的传说并不感兴趣，而对在现实生活中能够得到自由非常看重，所以才说"树老春来尚自由"。且结句与顾炎武的"苍龙日暮还行雨，老树春深更着花"（《又酬傅处士次韵》之二）有异曲同工之妙。

注释

〔一〕丹灶：炼丹用的炉灶。南朝梁江淹《别赋》："守丹灶而不顾，炼金鼎而方坚。"
〔二〕仙坛遗迹：宋王象之《舆地纪胜》："灵虚山在当涂县城东三十五里，世传丁令威得道飞升之所。山椒有坛，址犹存。"

雪霁望夫

春去秋来冬雪寒，芦花落尽满江干〔一〕。
风帆日在矶前过，谁送良人归信安〔二〕？

（题）（解）

《太平寰宇记》载："昔有人往楚，累岁不还，其妻登此山望夫，乃化为石。"据《重修太平府志·卷一·舆地志》："望夫山在府城西北化洽乡，有望夫石。"

望夫石多地有之。唐刘禹锡曾作《望夫石》："终日望夫夫不归，化为孤石苦相思。望来已是几千载，只似当时初望时。"此诗借写"望夫石"的传说，表达对人世间夫妻生离死别的同情，对家庭团圆的期盼。一、二句以哀景写哀情，三、四句假想望夫之女的心理，真切动人。

（注）（释）

〔一〕江干：江边，江岸。南朝梁范云《之零陵郡次新亭》诗："江干远树浮，天末孤烟起。"唐王勃《羁游饯别》诗："客心悬陇路，游子倦江干。"

〔二〕良人：古时女子对丈夫的称呼。《孟子·离娄下》："齐人有一妻一妾而处室者，其良人出，必餍酒肉而后反。"赵岐注："良人，夫也。"

采江晓发

桡声晓发闹矶头〔一〕，万里长江烟水流。
凝聚钟灵神气固，三台月转斗横收〔二〕。

题解

采江，即当涂采石矶这一段的长江。今安徽当涂县有采江路。此诗写拂晓诗
人由采石矶出发所见景色与心情，借赞美此地钟灵毓秀，寄托故国文运昌盛，人
才辈出的希望。

注释

〔一〕桡声：划动桨、楫发出的声音。

〔二〕三台：本为星名。《晋书·天文志上》："三台六星，两两而居……在人
曰三公，在天曰三台，主开德宣符也。西近文昌二星曰上台，为司命，主寿。次
二星曰中台，为司中，主宗室。东二星曰下台，为司禄，主兵，所以昭德塞违
也。"亦指官职。汉因秦制，以尚书为中台，御史为宪台，谒者为外台，合称三
台。《后汉书·袁绍传》："坐召三台，专制朝政。"这里指采石三台阁。三台阁
始建于明崇祯十五年（1642），清朝时毁。据康熙时太平州州守杨霖在《采石三
台阁记》中所载：周文襄公（即工部右侍郎周忱）提升为大中丞时，捐俸买下了
松蒔山。光禄公（曹履吉）也自愿捐三千金建阁于山巅。阁建好后，以"三台"
为名，以祀"文昌"之意。

姑溪放棹

姑溪放棹胜瀛洲〔一〕，墅外歌音韵自幽。
把酒论文称圣乐〔二〕，花豀环绕水源流〔三〕。

题解

姑溪即姑溪河，古称姑孰溪，又名姑浦。长江下游支流，今姑溪河东起丹阳湖口小花津与运粮河相接，西至当涂城西金柱关注入长江。

此诗首句总起，用"瀛洲"赞美姑溪是人间仙境；二、三句从人的活动角度写仙境之乐；末句从自然环境角度写仙境之美，与之呼应。

注释

〔一〕放棹：《辑注》作"旆棹"，误，今改。放棹即乘船、行船。清龚自珍《己亥杂诗》之一二二："六朝古黛梦中横，无福秦淮放棹行。"

〔二〕圣乐：佛教语。《中阿含经》："常乐独住远离处者。谓有乐、圣乐、无欲之乐、离乐、息乐、正觉之乐。"这里是形容与友人把酒论文时非常快乐。

〔三〕花豀：《辑注》作"花溪"，今据原图改。据《汉语大字典》，"豀"用同"蹊"，小路。

白 云 寺

山前四壁近湖水，石怪千峰接太空〔一〕。
云到梅梢封玉蕊，花飞莲座隐龙宫〔二〕。

(题)(解)

白云寺，清《当涂县志》卷十三载："白云寺，在城东三十里，旧名南峰院。"此诗先写白云寺周边环境，用峰接太空、云到梅梢突出其乃迥出尘世的清净之地；后以在佛寺中闻佛说法作结。

(注)(释)

〔一〕太空：亦作"大空"，指天空。《关尹子·二柱》："一运之象，周乎太空。"

〔二〕莲座：莲花座，即佛座。佛座作莲花形，故名。唐王勃《观佛迹寺》诗："莲座神容俨，松崖圣趾余。"龙宫：此句中指佛寺，并非龙王的宫殿。据《海龙王经·请佛品说》载佛经故事：海龙王诣灵鹫山，闻佛说法，信心欢喜，欲请佛至大海龙宫供养。佛许之。龙王即入大海化作大殿，佛与诸比丘菩萨共涉宝阶入龙宫，受诸龙供养，为说大法。因以"龙宫"指佛寺。唐刘长卿《戏赠干越尼子歌》："厌向春江空浣沙，龙宫落发披袈裟。"

云锁天门

分吴割楚限长流，气接平虚一望收。

碧落惊开星斗动〔一〕，天门云锁左皇州〔二〕。

题解

天门，即天门山。《重修太平府志·卷一·舆地志》："天门山，一名博望山，又名东梁山，在府城西南，临大江。北出江中者，为梁山矶，因与西岸和州西梁山夹大江，对峙如门阙，故谓之天门山，又名蛾眉山。"《寰宇记》卷一〇五当涂县引《舆地志》云："博望、梁山，东西隔江相对如门，相去数里，谓之天门。"

唐李白有《望天门山诗》："天门中断楚江开，碧水东流至此回。两岸青山相对出，孤帆一片日边来。"所写当系在江面所见景色。此诗视角不同，诗人仰眺长空，俯察地理，点明金陵，含蓄表达故国之思。

注释

〔一〕碧落：道教语，指天空，青天。唐杨炯《和辅先入昊天观星瞻》："碧落三干外，黄图四海中。"

〔二〕左皇州：《辑注》作"在皇州"，今据原图改。皇州，指帝都，京城。唐岑参《和贾至舍人早朝大明宫》："鸡鸣紫陌曙光寒，莺啭皇州春色阑。"左皇州，或指江左之皇州，即南京。

凌歊夕照

桓公歌舞不时来〔一〕，此地烟花簇拥开〔二〕。
返射天光余日影，凌歊夕照古名台。

题解

凌歊，即凌歊台，在当涂城北黄山上。《重修太平府志·卷一·舆地志》："凌歊台在山顶，东南有石如案，高可五尺，顶平而圆，径丈许，世传刘裕避暑处。"

此诗可视作怀古诗。前两句"歌舞不时来""烟花簇拥开"意在说桓温之后，奢靡享乐者依旧如故；后两句写落日斜阳，既是写景，也有寓后人当汲取王朝兴衰教训之意。

注释

〔一〕桓公：指桓温。桓温曾携妓游览姑熟一带，其中有凌歊台。
〔二〕簇拥：据《辑注》，原作"族拥"。"族"有"聚合，集中"义。《庄子·在宥》："云气不待族而雨。"

桓温故内

扼腕功名堪遗笑〔一〕，声传李谢道风幽〔二〕。

兴城治国开江左，古迹仙坛志永收。

⑧⑧

　　故内，即故居。内，指内室。《汉书·晁错传》："先为筑室，家有一堂二内。"颜师古注引张晏曰："二内，二房也。"桓温父亲桓彝曾任宣城内史，其本人亦曾镇守姑孰，"故内"即太平府治当涂之桓温故居。

　　此诗将桓温与李谢对比，表达了建功立业的英雄人物亦当知进退之道的意思，否则过于追求功名，只会物极必反，贻笑千年。

⑧⑧

　　〔一〕扼腕：《辑注》作"拒腕"，误，今改。扼腕，指用一只手握住另一只手腕，表示振奋、惋惜、愤慨等情绪。《战国策·燕策三》："樊于期偏袒扼腕而进曰：'此臣之日夜切齿腐心，乃今得闻教！'"功名：指桓温不择手段地谋求权位事。桓温是晋明帝的驸马，因溯江而上灭亡成汉政权而声名大振，又三次出兵北伐（北伐前秦、羌族姚襄、前燕），战功累累。后独揽朝政十余年，操纵废立，有意夺取帝位，终因第三次北伐失败而令声望受损，受制于朝中王谢势力而未能如愿。桓温晚年逼迫朝廷加其九锡，但因谢安等人借故拖延，直至去世也未能实现。

〔二〕李谢：指李白、谢安。李白曾有组诗《姑熟十咏》，其中有桓温游览过的凌歊台。谢安初次做官月余便辞官隐居，游山玩水兼教育后代，四十多岁东山再起，成功挫败了桓温的篡权阴谋，声名远扬。道风：谓超凡脱俗的风貌。南朝梁慧皎《高僧传·义解三·慧持》："远，持兄弟也。绰绰焉，信有道风矣。"

龙山吊古

落帽推情性可知〔一〕，英雄饮叹复谁思。
枫林色转惊霜改，石带松云为日移〔二〕。

⊙题⊙解

　　龙山，《元和郡县志》："龙山，在（当涂）县东南十二里，桓温尝与僚佐九月九日登此山宴集。"

　　此诗立意不在赞赏孟嘉的风流倜傥，而是赞叹桓温的性情与功业，感慨自己年华老去，却未有机会追随英雄成就伟业。桓温作为东晋大将，一生以恢复神州、青史留名为人生的终极目标，灭亡成汉，三次北伐，攻前秦入关中，收复洛阳，镇守西府，为稳定南朝作出了重大的贡献，是谋略过人的一代枭雄。虽然在历史上桓温是有争议的人物，但在诗人笔下，他与群僚雅集，诙谐大度，是有个性的英雄人物。诗人没有正面写桓温的功业，只用"复谁思"三字已足以表达敬慕之意，感慨之情。

⊙注⊙释

　　〔一〕落帽：即"孟嘉落帽"的典故，形容才子名士的风雅洒脱、才思敏捷。孟嘉是东晋时大将军桓温的参军，据《晋书》卷九十八《桓温列传·孟嘉》："（孟嘉）后为征西桓温参军，温甚重之。九月九日，温燕龙山，僚佐毕集。时佐吏并着戎服，有风至，吹嘉帽堕落，嘉不之觉。温使左右勿言，欲观其举止。嘉良久如厕，温令取还之，命孙盛作文嘲嘉，著嘉坐处。嘉还见，即答之，其文甚美，四坐嗟叹。"

〔二〕松云：青松白云。古代诗文中亦常指隐居之境。《南史·隐逸传上·宗测》："性同鳞羽，爱止山壑，眷恋松云，轻迷人路。"唐李白《赠孟浩然》诗："红颜弃轩冕，白首卧松云。"

谢公故地

风声飒飒逼人衣，若个登临过别蹊[一]。
雾暗青山迷太白，云封墅渡待玄晖[二]。

题解

谢公指谢朓。谢朓（464—499），字玄晖，陈郡阳夏（今河南太康县）人。南朝齐杰出的山水诗人，出身高门士族，与"大谢"谢灵运同族，世称"小谢"。建武二年（495），出为宣城太守。两年后，复返京为中书郎。之后，又出为南东海太守，寻迁尚书吏部郎，世称谢宣城、谢吏部。东昏侯永元元年（499）遭始安王萧遥光诬陷，死狱中，时年36岁。

此诗前两句写诗人在"风声飒飒"之时来到谢公故地，既表达对谢朓敬仰之心情，又渲染凭吊感怀之氛围。后两句语带双关，写李白因"雾暗青山"而迷惑，谢朓因"云封墅渡"只能"待"，暗示诗人对两位古代贤士遭遇的同情。

注释

〔一〕若个：哪个。唐东方虬《春雪》诗："不知园里树，若个是真梅？"蹊：小路。
〔二〕墅渡：郊外的渡口。"墅"，同"野"，田野，郊外。《玉篇·土部》："墅，余者切，田也。"玄晖：指谢朓。

吊太白（赋得自称臣是酒中仙）

为爱烟霞不受封〔一〕，强将袍带束身胸。

天地成杯犹未醉，江湖作瓮量堪容〔二〕。

（题）（解）

　　凡摘取古人成句为诗题，题首多冠以"赋得"二字。如南朝梁元帝有《赋得兰泽多芳草》一诗。科举时代的试帖诗，因试题多取成句，故题前均有"赋得"二字；亦应用于应制之作及诗人集会分题。后遂将"赋得"视为一种诗体。"自称臣是酒中仙"出自唐杜甫《饮中八仙歌》，其中有"李白一斗诗百篇，长安市上酒家眠。天子呼来不上船，自称臣是酒中仙"。

　　此诗为诗人在宣城与友人雅集时所作，表达了对李白旷达豪放性格的赞美，同时借此抒发了自己藐视权贵、寄情山水的情怀。

（注）（释）

　　〔一〕烟霞：泛指山水、山林。南朝梁萧统《锦带书十二月启·夹钟二月》："敬想足下，优游泉石，放旷烟霞。"

　　〔二〕天地成杯犹未醉，江湖作瓮量堪容：此二句以夸张手法，极写李白酒量之大。

春丽百奇

柳丝金间碧桃花，舫棹春歌闹酒家。

水楼红艳佳人丽〔一〕，醉倚凭栏日已斜〔二〕。

题解

诗题"春丽百奇"未详出处，春丽或即丽春，指美丽的春光。清沈廷桂《虞美人传》："有若耶溪君子闻而慕之，聘以菱花玉镜台，当丽春时节，以木兰船载之而归。"

此诗写江南宜人春色及热闹非凡的画舫酒肆，诗人流连其间、难得一醉的景象，客观表现了社会安宁景象。

注释

〔一〕红艳：红而艳丽。本指花朵。唐李白《清平调词·其二》："一枝红艳露凝香，云雨巫山枉断肠。借问汉宫谁得似，可怜飞燕倚新妆。"这里是形容佳人的装扮。

〔二〕凭栏：亦作"凭阑"，指身倚栏杆。唐崔涂《上巳日永崇里言怀》诗："游人过尽衡门掩，独自凭栏到日斜。"此处指可以凭靠的栏杆。

东　门　渡

古渡环流气聚中，风帆日送影无穷。
天峙浮屠培秀质〔一〕，灵源水接道平通〔二〕。

题解

东门渡，清光绪《宣城县志》："府里镇，城北五十里，即今东门渡。"此诗写东门渡，其意却不在渡口本身，而是通过写浮屠、灵源，表达对佛法的认识：可以培人之秀质，引导人步入平通之道。

注释

〔一〕浮屠：佛教语。梵语 Buddha 的音译。指佛塔。北魏郦道元《水经注·河水一》："阿育王起浮屠于佛泥洹处，双树及塔今无复有也。"

〔二〕灵源：对水源的美称。宋王十朋《题双瀑》诗："瀑水箫峰下，灵源不可寻。"又指隐者所居、远离尘世之地。明高启《赠金华隐者》诗："灵源有路不可入，但见几片流出云中花。"

峡石归舟

桡声夕照落溪前〔一〕，峡岸归舟倚石边。
树挂轻帆犹弄影，山光常到近村烟〔二〕。

(题)(解)

清光绪《宣城县志》："城北十八里，硖石山。"今诗题"峡石"当为"硖
石"。此诗是宁静水乡的一幅水彩画。夕照清溪，船夫归来，炊烟袅袅，家人欢
聚，而风帆与树梢似在互相逗弄。温馨的画面中别有一番趣味。

(注)(释)

〔一〕桡声：划动桨、楫发出的声音。
〔二〕山光：山的景色。南朝梁沈约《泛永康江》诗："山光浮水至，春色犯
寒来。"

敬 亭 山

庭前古木怪玲珑，一带溪山入画中。

太白留题深有意〔一〕，满湾秋色老梧桐〔二〕。

题解

敬亭山在今安徽宣城市北，原名昭亭山，晋初为避帝讳，改名敬亭山。《元和郡县志》记载："在宣城县北十里。山有万松亭、虎窥泉。"《江南通志·卷十六·宁国府》："敬亭山在府城北十里。府志云：古名昭亭，东临宛、句二水，南俯城闉，烟市风帆，极目如画。"

此诗前两句写景，乍看似较平淡；后两句因登临敬亭山而联想起李白，则自然而然。其实起句突出"古木"，于平淡中如李白《独坐敬亭》，亦"深有意"：李白反映的是政治上失意后内心的孤独感，而诗人则是感慨人生已是晚秋。虽然如此，诗人通过"梧桐"，勾画的是自己依旧挺立的形象。

注释

〔一〕太白留题：指唐李白《独坐敬亭》："众鸟高飞尽，孤云独去闲。相看两不厌，只有敬亭山。"

〔二〕满湾秋色老梧桐：此句暗引唐李白《秋登宣城谢朓北楼》诗："江城如画里，山晓望晴空。两水夹明镜，双桥落彩虹。人烟寒橘柚，秋色老梧桐。谁念北楼上，临风怀谢公。"

翠 云 庵

翠色凌云一望中，闲登初地听晨钟[一]。
尘嚣到此诸缘静，半偈能持法界空[二]。

(题)(解)

　　翠云庵在敬亭山南半山腰，唐大中初（约854）宣城刺史裴休建广教寺，元末毁。明宣德中（约1430）里人于故址建庵曰翠云。《宁国府志·卷十二·舆地志》："云齐阁在府敬亭山翠云庵前。"

　　此诗首句写景的同时亦点明翠云庵得名缘由，后三句写对佛法的参悟，表现了诗人晚年归于平静的心境。

(注)(释)

　　[一]初地：指佛教寺院。唐王维《登辨觉寺》诗："竹迳从初地，莲峰出化城。"

　　[二]半偈：偈语是佛经中的唱词偈陀之省。半偈系佛家语，即雪山八字，佛教的一种秘诀。《涅槃经》十四谓释迦曾入雪山修菩萨行，在罗刹处闻前半偈，欢喜而更欲求后半，罗刹不肯。乃约舍身于彼，欲得闻之。故谓"雪山半偈"亦曰"雪山八字"。《三教指归》："雪山八字者，即圣行品。八字即生灭灭已，寂灭为乐。"唐吴融《禅院奕棋偶题》诗："半偈已能消万事，一枰兼得了残阳。"法界：佛教语。梵语的意译。通常泛称各种事物的现象及其本质。《华严

经·十通品》："入于真法界，实亦无所入。"宋范成大《再次喜雨诗韵以表随车之应》："一念故应周法界，万神元不隔明庭。"

明 镜 阁

水映光含佛宇明〔一〕，天空如镜照无生〔二〕。
经翻对月消尘梦〔三〕，定息真乘妄自平〔四〕。

（题）（解）

明镜阁在安徽宣城陵阳山，当因李白《秋登宣城谢朓北楼》诗有"江城如画里，山晚望晴空。两水夹明镜，双桥落彩虹"句得名。此诗由明镜阁"明""镜"二字生发对佛教教义的开悟，反映了诗人晚年归于平静的心境。

（注）（释）

〔一〕佛宇：佛寺。唐康骈《剧谈录·慈恩寺牡丹》："京国花卉之晨，尤以牡丹为上，至于佛宇道观，游览者罕不经历。"

〔二〕无生：佛教语。谓没有生灭，不生不灭。晋王该《日烛》："咸淡泊于无生，俱脱骸而不死。"唐王维《登辨觉寺》诗："空居法云外，观世得无生。"

〔三〕尘梦：尘世的梦幻。五代齐己《送禅者游南岳》诗："尘梦是非都觉了，野云心地更何妨。""经翻对月"即"对月翻经"，是说在月光下阅读佛经。

〔四〕真乘：佛家谓真实的教义。唐知玄《答僧澈》诗："观君法苑思冲虚，使我真乘刃有余。"《景德传灯录·迦毗摩罗》："龙树默念曰：'此师得决定性明道眼否，是大圣继真乘否？'"

府　治

四境春光锁翠峨^{〔一〕}，千峰齐插景无过。

自古分疆称胜地^{〔二〕}，名贤奇迹至今多。

题解

府治，指宁国府治所宣城。宋乾道二年（1166）改宣州为宁国府，府治在宣城县。此诗赞美宁国府治辖境内的宣城山川秀丽、人才辈出，抒发对钟灵毓秀的故国山水的喜爱之情。

注释

〔一〕翠峨：山色青翠，山势巍峨。

〔二〕分疆：区分疆界。《晋书·地理志上》："武帝开越攘胡，初置十七，拓土分疆，又增十四。"又谓辖境。

落 虹 桥

双红落彩聚灵机〔一〕，万壑源头到此归。
雾涌蜃楼天际近〔二〕，云封山色隐青晖。

(题)(解)

李白《秋登宣城谢朓北楼》诗有"两水夹明镜，双桥落彩虹"句，落虹桥，当指横跨宛溪和句溪之上的凤凰桥和济川桥二桥。此诗写落虹桥周边的山水形胜，突出描写其在云雾之中恍如仙境的奇幻美。

(注)(释)

〔一〕双红：本指两条红色缎带。这里是形容双桥。清黄六鸿《福惠全书·钱谷·完粮奖励》："鸿廉得其故，乃榜示于署前曰：'有能急公照限全完者，本县公堂亲为递酒，披红插花……'因与披双红，导出如仪。"灵机：犹玄机。天意。晋葛洪《抱朴子·任命》："盖闻灵机冥缅，混茫眇昧。"

〔二〕蜃楼：古人谓蜃气变幻成的楼阁。宋陈允平《渡江云·三潭印月》词："烟沉雾回，怪蜃楼飞入清虚。秋夜长，一轮蟾素，渐渐出云衢。"

牢 山 洞

钟灵牢固锁□神[一]，碧水蜃蛟化景真[二]。
云到山前分翠色，洞门时带万林春。

题解

牢山洞，据《宁国府志》卷十："大劳、小劳二山，在（宣城）县东南四十里，大劳有洞，可容数十人。"此诗写林木葱茏，云雾缭绕的牢山洞景色，表现了诗人对春色盎然，一派生机的大自然的喜爱之情。

注释

〔一〕钟灵：谓灵秀之气汇聚。明顾起纶《国雅品·士品三》："顾宗伯与成，少参与行，宪副与新，三先生……并负才艺，钟灵五泽，竞爽三吴。"另此句缺一字。

〔二〕蜃蛟：蜃属传说中的蛟类，能吐气成海市蜃楼。《本草纲目·鳞部·蛟龙》："蛟之属有蜃。"

正肃公墓

奇谋决策镇边疆，智息烽尘国柱梁[一]。
锡苑奇山天启植[二]，传宗裔派盛流芳[三]。

题解

据《萧云从丛考》（第89页），正肃公墓即吴柔胜墓。据《宋史》卷四百《列传》第一百五十九，知吴柔胜曾知太平州，有德政，卒后谥正肃。据《大清一统志》卷八十，其墓在宣城县东南四十里小山之石堁冲。

此诗写吴柔胜事迹，赞美其德政德行。表达了诗人对乡贤的敬仰之情，对官员能够做到"为官一任，造福一方"的期盼。

注释

〔一〕烽尘：《辑注》作"峰尘"，疑误，今改。烽尘即烽火和烟尘。借指战乱。

〔二〕锡苑：赏赐苑土。锡，同"赐"。启植：培植，培养。《类经图翼·序》："夫内经之生全民命，岂杀于十三经之启植民心。"

〔三〕裔派：裔，后代子孙。此句谓吴柔胜德行影响后代，德政流芳后世。《宋史》卷四百《列传》第一百五十九："吴柔胜，字胜之，宣州人。幼听其父讲伊、洛书，已知有持敬之学，不妄言笑。长游郡泮，人皆惮其方严。……改湖北运判兼知鄂州。甫至，值岁歉，即乞籴于湖南，大讲荒政，十五州被灾之民，全活者不可胜计。改知太平州，除直秘阁，主管亳州明道宫。改直华文阁，除工部郎中，力辞，除秘阁修撰，依旧宫观以卒，谥正肃。二子渊、潜，俱登进士，各有传。"

母寄棉线子有感

棉缕遥传怀子意，斑衣谁戏悦亲怡〔一〕。
寒泉愧颂惊魂梦〔二〕，告说烟霞在几时〔三〕。

题解

此诗当为忆念已经去世的母亲之作。母亲生前曾寄棉线给客居在外的诗人，诗人梦见母亲，醒来感叹不知道什么时候能再向母亲述说尘世之事。语虽平淡，感情之沉痛，令人哀婉。

注释

〔一〕斑衣：《太平御览》卷四百一十三（人事部五十四·孝中）："老莱子者，楚人，行年七十，父母俱存，至孝蒸蒸，常着班兰之衣，为亲取饮上堂，脚肤，恐伤父母之心，因僵仆为婴儿啼。孔子曰：'父母老常言不称老，为其伤老也，若老莱子可谓不失孺子之心矣。'"

〔二〕寒泉：犹黄泉，九泉。唐王勃《为原州赵长史为亡父度人表》："但臣霜露之感，瞻彼岸而神销；乌鸟之诚，俯寒泉而思咽。"

〔三〕烟霞：指红尘俗世。明叶宪祖《鸾鎞记·秉操》："一会价鼓琴邀夜月，一会价看鹤舞闲云，不与那烟霞厮浑。"清孙枝蔚《寿张康侯母晏太夫人》诗之二："将母琴堂馔未奢，非关陶令弃烟霞。"

故　里

培植天功结秀成，奇峰重矗插云旌〔一〕。
宗传户户遵周礼〔二〕，文穆彬彬世所行〔三〕。

题解

诗题"故里"，即故乡。因《归寓一元图》组画是按从当涂到宣城的游踪所作，僧净儒故里为宣城，故此诗与下一首《扫亲墓》的作者或非萧云从，而是僧净儒。（详见本书附录《〈归寓一元图〉跋文题诗研究》）

此诗赞美故乡自然山水与民风尚礼之美。作者对清朝统治下故乡还能够保持道统文脉感到欣慰。

注释

〔一〕云旌：像旗帜一样迎风飘动的云。南朝宋鲍照《石帆铭》："云旌未起，风柯不吟。"此句是说山峰直插云霄。

〔二〕宗传：犹嫡传。明唐顺之《故礼部左侍郎薛瑄从祀议》："臣闻圣人之道有宗传，有羽翼。盖孔门身通六艺者七十人，其德行称者才四人。"

〔三〕文穆彬彬：文穆，文雅庄重。彬彬，文质兼备貌。《论语·雍也》："质胜文则野，文胜质则史，文质彬彬，然后君子。"

扫 亲 墓

苍苔扫尽知亲墓，鸟道移林破棘园〔一〕。

故地慈颜难再见〔二〕，他乡独看白云边。

题解

僧净儒系宣城人，此诗或为其祭扫母亲墓作。（详见本书附录《〈归寓一元图〉跋文题诗研究》）诗中描绘了墓地的荒凉，抒发了深沉的思母之情。

注释

〔一〕鸟道：险峻狭窄的山路。南朝梁沈约《悯涂赋》："依云边以知国，极鸟道以瞻家。"李白《蜀道难》诗："西当太白有鸟道，可以横绝峨眉巅。"移林：靠近树林。棘园：长满荆棘的园林。宋陈傅良《谢倅监试未毕事而出以诗三章来用韵奉酬》："极欲从君十日欢，倦飞终羡鸟知还。棘园观战缘何事，亦纵骅骝自出关。"

〔二〕慈颜：慈祥和蔼的容颜。称尊上的音容，多指母亲而言。晋潘岳《闲居赋》："称万寿以献觞，咸一惧而一喜，寿觞举，慈颜和。"宋苏轼《邓忠臣母周挽词》："慈颜如春风，不见桃李实。"

分 界 山

里户分边从国典〔一〕，溪山因自隐东西〔二〕。
地脉何曾争去就〔三〕，司存守牧养元黎〔四〕。

题解

分界山，在今江苏溧阳西北。据宋《景定建康志》卷十七载：分界山"在溧
阳县西北八十里。溧水、溧阳两县分界此山之巅"。溧阳与当涂汉代曾均属当阳
郡。

此诗由分界山地名借题发挥，表达了土地疆域划分固然重要，但最重要的是
各级官员以百姓为念，使百姓能够休养生息的理念。

注释

〔一〕国典：国家的典章制度。《国语·鲁语上》："夫祀，国之大节也；而
节，政之所成也，故慎制祀，以为国典。"

〔二〕东西：《辑注》作"东卤"，"卤"为"西"的异体字，今改。

〔三〕地脉：土地的脉络，地形的走势。

〔四〕守牧：皆古代地方官职名。元黎：元元和黎民的省称，指百姓。明采
九德《倭变事略》："复蒙皇上轸念元黎，再遣尚书赵统领天兵来浙直，竭忠殚
力，振扬天威。"

十里赤溪

此地蟠栀花发新，一湾溪水涤嚣尘〔一〕。
名贤寄迹□□□，□就□□即化神〔二〕。

题解

赤溪，多地有之，此当指今安徽宣城境内者。《大清一统志·宁国府志》："赤溪在太平县西北，源出青阳县界。"太平县唐时曾属宣城郡，明代改属宁国府。此诗描写赤溪景色，抒发了学习古代名贤寄迹山水之间，远离世俗尘嚣的心情。

注释

〔一〕嚣尘：喧闹扬尘。《左传·昭公三年》："子之宅近市，湫隘嚣尘，不可以居。"杨伯峻注："嚣，喧闹。尘，尘土飞扬。"借指纷扰的尘世。唐白居易《期李二十文略王十八质夫不至独宿仙游寺》诗："文略也从牵吏役，质夫何故恋嚣尘？"

〔二〕名贤寄迹□□□，□就□□即化神：此二句缺六字。

礼 祖 塔

祖脉曹溪一派流〔一〕，天花时散白云收〔二〕。
归来已远风幡动〔三〕，点破轻摇万里舟。

题解

礼祖塔，祖塔指佛塔。唐裴休《题沩潭》诗："沩潭形胜地，祖塔在云湄，浩劫有穷日，真风无坠时。"

此诗反映了诗人对禅宗学说的兴趣。佛家常说："三界唯心，万法唯识"，意思是一切物质现象都是"心"的变现和展开。在慧能看来，风动幡动都是在一定因缘和合下产生的假象，所以慧能说不是风动，不是幡动，而是"心"在动。凡所有相，皆属虚妄。因为诸相都是心念妄起执着的产物。慧能在否定了风动、幡动等观点后，直接指明风幡之动，根源于一念妄心。正是这一念妄心，决定了眼识追逐风动幡动的色尘，不能解脱。诗人引用此著名的禅宗公案，或强调人当通过修行不起妄念，以得清净心。

注释

〔一〕曹溪：借指禅宗之南宗，以六祖慧能在曹溪宝林寺演法而得名。
〔二〕天花：《辑注》作"天苍"，疑误，今改。天花，亦作"天华"。佛教语。天界仙花。《维摩经·观众生品》："时维摩诘室有一天女……见诸大人闻所说法，便现其身，即以天华散诸菩萨大弟子上。"后成语有"天花乱坠"。

〔三〕过来已远风幡动:"风幡"后《辑注》原缺一字,今据相关典故补。《坛经》:"时有风吹幡动。一僧曰风动,一僧曰幡动。议论不已。惠能进曰:'非风动,非幡动,仁者心动。'"

白 云 楼

溪声侣唱圆音自〔一〕，竹影犹摆化□降〔二〕。
梯转迎空擎北斗，峰高翠逼接银钉〔三〕。

题解

白云楼，据萧云从《归寓一元图·跋文》："丙申春仲，就棹宛陵。……与二三人放情诗酒，快登白云岭"（《辑注》第134页），白云楼当在宣城白云岭。

此诗写白云楼溪流淙淙、竹影幢幢的清净环境，听高僧或友人在此弘佛说法，"擎北斗、接银钉"既状写白云楼高耸入云，亦寓内心光明意。

注释

〔一〕圆音：《辑注》作"阁音"，何秋言《萧云从山水画中的地方性实景风格研究》附录《归寓一元图》题诗作"圆音"。"阁音"误，今改。圆音，佛教语。谓佛说法之音。圆，指佛法的完满周密。《华严经·离世间品一》："圆音陀罗尼，解了不思议。"

〔二〕竹影犹摆化□降：此处缺一字。疑为"龙"字。据《后汉书·方术传·费长房》载：东汉时，费长房喜好仙道之术。有一天他在市肆中见到一位卖药的"壶公"，就跟随他到山中去学道。壶公用"空室独处""悬石啮索"等办法威胁考验他，他全然不怕；后来让他"食粪"，他动摇了。壶公打发他回去时，赠给他一支竹杖，他便乘这竹杖回到家中，把杖投入陂水中，顿时化成了龙。此句平仄尚有问题，倚考。

〔三〕银釭：银白色的灯盏、烛台。南朝梁元帝《草名》诗："金钱买含笑，银釭影梳头。"釭是古代宫室壁带上的环状金属装饰物，这里借喻月亮。此句描写山峰之高。

万 竹 园

高节凌霄志逼天，青风时拂动林泉〔一〕。
松花影乱犹楼凤〔二〕，茅屋幽亭堪隐贤。

题解

万竹园，明顾起元《客座赘语·金陵诸园记》："万竹园，在城西隅，地大，皆种竹，今为王计部、张太守、许鸿胪分有之。"但据《归寓一元图》跋文，此诗所写当为宣城境内同名者。

此诗托物言志。借赞美竹之高风亮节，凤之择木而栖，表达对归隐山林的贤士的仰慕之情。

注释

〔一〕青风：春风。唐李端《送杨皋擢第归江东》诗："绿气千樯暮，青风万里春。"

〔二〕松花：指松树的花或松球。唐李白《酬殷明佐见赠五云裘歌》："轻如松花落衣巾，浓似锦苔含碧滋。"宋苏辙《次韵毛君烧松花》之一："茅庵纸帐学僧眠，炉爇松花取易然（燃）。"楼凤：《辑注》作"藜藤"，语义不通且不合平仄，误；何秋言《萧云从山水画中的地方性实景风格研究》附录《归寓一元图》题诗则作"梅凤"，梅与楼或因形近误。而"犹楼凤"与"堪隐贤"词性相对应，语义相关联。故改。

自 像 赞

浪迹无名始自娱〔一〕，非仙非佛亦非儒。

随时或钓鱼矶上〔二〕，也学逃禅问智愚〔三〕。

题解

自像赞，为自画像题词。赞，古代一种文体，以赞美为主。南朝梁萧统《文选·序》："美终则诔发，图像则赞兴。"

此诗既可视为诗人对创作《归寓一元图》的总结，也可以说是他的人生宣言。诗人以优游天地、参禅访友为人生最大乐趣，所谓"非仙非佛亦非儒"，并非是对仙佛的否定，也不是说自己不遵儒家之道，而是表明诗人对三者有选择地信仰与践行。"随时或钓"说明，归隐逃禅都不是本意，而是"邦无道则隐"罢了。

注释

〔一〕浪迹：到处漫游，行踪不定。宋苏轼《老人行》："老人旧日曾年少，浪迹常如不系舟。"

〔二〕此句用严光事。严光，字子陵，会稽余姚（今浙江余姚）人。少有高名，与刘秀同游学。建武元年（25），刘秀建立东汉，严光于是隐名换姓，隐居在桐庐富春江畔，每日垂钓，后此地为桐庐严子陵钓台。

〔三〕逃禅：指遁世而参禅。唐牟融《题寺壁》诗："闻道此中堪遁迹，肯容一榻学逃禅。"

长松草堂

自笑微明能伏旧〔一〕，方知肘印侠同亲〔二〕。
长松破壁情无改，木石闻言亦动神〔三〕。

⊙题⊙解

　　长松草堂，据萧云从《归寓一元图》抄录于首图的僧净儒跋文"因暇日自作《白云山长松草堂图》"，其当为僧净儒在白云山之精舍。

　　此诗与《自像赞》一样，皆可视为对《归寓一元图》创作的总结。诗人运用"肘印""微明"等典故，表达了对功名富贵的藐视以及长居长松草堂自在修行的意愿。

⊙注⊙释

　　〔一〕微明：知幽眇之理而收显著之效。《老子》："将欲歙之，必固张之；将欲弱之，必固强之；将欲废之，必固兴之；将欲夺之，必固与之，是谓微明。"河上公注："此四事，其道微其效明也。"《韩非子·喻老》："起事于无形，而要大功于天下，是谓微明。"伏旧：居住旧地。伏，居住，居处。《左传·定公四年》："寡君越在草莽，未获所伏。"杜预注："伏，犹处也。"旧地，即长松草堂。

　　〔二〕肘印：肘后悬挂金印。《世说新语笺疏》下卷《尤悔》："王大将军起事，丞相兄弟诣阙谢。周侯深忧诸王，始入，甚有忧色。丞相呼周侯曰：'百口委卿！'周直过不应。既入，苦相存救。既释，周大说，饮酒。及出，诸王故在门。周曰：'今年杀诸贼奴，当取金印如斗大系肘后。'"元曹元用《介春堂》："光阴迅流矢，富贵等浮沤。昨日少年今白首，华构咫尺归荒丘。人生贵适意，栖栖欲何求？肘印纍纍大如斗，不及介春堂上一杯酒。"侠，通"夹"，在两旁，亦指夹住。亦，通"挟"，挟带。

〔三〕木石：本指树木和山石。比喻无知觉、无感情之物。汉司马迁《报任少卿书》："身非木石，独与法吏为伍，深幽囹圄之中，谁可告愬者？"南朝宋鲍照《拟行路难》诗之四："心非木石岂无感，吞声踯躅不敢言。"

秋游金柱吊原任当涂令衡阳张先生

水映枫林波转色，山排野树叶惊秋。

亭空唯见飞帆影，塔耸横关过雁愁〔一〕。

菊圃犹存霜杰志，松园常带雨云收。

几年石破灰君意〔二〕，今日甘棠万户留〔三〕。

题解

　　金柱，据《大清一统志》卷一二〇《太平府一》："金柱山，府志，在当涂县西三里。……以掘地得金，称金柱。建浮屠以锁水口。"张先生，据诗题，湖南衡阳人，曾任当涂县令。

　　此诗表明诗人对入清为官的士人能够客观看待，并不一概否定。诗的前六句寓情于景，表达对张县令的怀念之情，"菊圃犹存霜杰志"赞颂张县令品节高尚；尾联采用直抒胸臆的手法，既感慨张县令仕途不如意，亦赞赏其德政。

注释

　　〔一〕塔：指金柱塔。据清乾隆《当涂县志》卷二十七载："金柱塔，（当涂）城西五里。"

　　〔二〕石破：石破天惊的略语。形容巨响或出人意料之事引起的震惊。这里谓张县令任上遇不如意事。

　　〔三〕甘棠：木名，即棠梨。《诗经·召南·甘棠》："蔽芾甘棠，勿翦勿伐，召伯所茇。"陆玑疏:"甘棠,今棠梨,一名杜梨。"宋张孝祥《青玉案·饯别刘恭父》词:"甘棠庭院,芰荷香渚,尽是相思处。"《史记·燕召公世家》:"周武王之灭纣,封召公于北燕……召公巡行乡邑,有棠树,决狱政事其下,自侯伯至庶人各得其所,无失职者。……召公卒,而民人思召公之政,怀棠树不敢伐,歌咏之,作《甘棠》之诗。"后遂以"甘棠"称颂循吏的美政和遗爱。

曹梁父招，同诸子湛亭分韵

谁识监门陌巷中〔一〕，只缘璨薄是庸工〔二〕。
齐侯养客还弹剑〔三〕，楚伯亡猿已失弓〔四〕。
七步传家名益广〔五〕，千钟纸户士犹丛〔六〕。
青梅晏识英雄志〔七〕，谈笑倾怀尚义风〔八〕。

题解

曹梁父，据清王士祯《香祖笔记》卷十一载：“梁父，姑孰文士，好交游。”又据康熙《当涂县志》卷二十，知其为曹履吉次子。（曹履吉生平见《勋卿曹公梅》题解）

此诗写曹梁父招饮友人，诗人参与其间的愉悦感受。赞美了曹梁父出众的才华，热情好客的性格，豪饮健谈的风雅。王士祯《经采石感怀曹梁父二绝句》云：“忆向江干惜别离，黄昏石壁共题诗。今来寂寞空江上，独酹青莲夜雨祠。禅榻何人对寂寥，短檠和泪雨潇潇。若为洒向寒江里，月黑云深欲上潮。”可见曹梁父确是高雅之士。

注释

〔一〕监门：守门小吏。《周礼·地官·司门》：“祭祀之牛牲系焉，监门养之。”亦指禁卫宫门之官。《隋书·百官志下》：“左右监门，各率一人，副率二人，掌诸门禁。”此处或以侯嬴自指，表示自己是年老的隐士。《史记·信陵君列传》："魏有隐士曰侯嬴，年七十，家贫，为大梁夷门监者。公子（指信陵君——引者注）闻之，往请，欲厚遗之。不肯受，曰：'臣修身洁行数十年，终不以监门困故而受公子财。'"

〔二〕璨薄：未详所指。庸工：平庸的工匠、画师等。此处或为萧云从自谦语。《闲情偶寄·种植部·藤本第二》："大约屏间之花，贵在五彩缤纷，若上下四旁皆一其色，则是佳人忌作之绣，庸工不绘之图，列于亭斋，有何意致？"

〔三〕齐侯养客还弹剑：此句用冯骥典。据《战国策·齐策四》载，齐人冯谖（《史记·孟尝君列传》作"冯驩"）为孟尝君门客，不受重视。冯三次弹其铗而歌，一曰："长铗归来乎！食无鱼！"二曰："长铗归来乎！出无车！"三曰："长铗归来乎！无以为家！"孟尝君一一满足之。

〔四〕楚伯亡猿：北齐杜弼《檄梁文》："但恐楚国亡猿，祸延林木，城门失火，殃及池鱼。"失弓：据《孔子家语》卷二载："楚王出游，亡弓，左右请求之。王曰：'止，楚王失弓，楚人得之，又何求之！'孔子闻之，惜乎其不大也，不曰人遗弓，人得之而已，何必楚也。"

〔五〕七步：曹植七步成诗，故后世以"七步"形容才思敏捷。

〔六〕纸户：此处或指纸帐，一种以藤皮茧纸缝制的帐子。据明高濂《遵生八笺》卷八记载，其制法为："用藤皮茧纸缠于木上，以索缠紧，勒作皱纹，不用糊，以线折缝缝之。顶不用纸，以稀布为顶，取其透气。"宋苏轼《自金山放船至焦山》诗："困眠得就纸帐暖，饱食未厌山蔬甘。"古代文人雅集常饮于纸帐。

〔七〕青梅晏识英雄志：此句用曹操刘备"青梅煮酒"典。三国时，董承约刘备等立盟除曹。刘备恐曹操生疑，每天浇水种豆。曹操闻知后，设樽俎，盘置青梅，一樽煮酒。二人对坐，开怀畅饮，议论天下英雄。当曹操说"天下英雄，唯使君与操耳"时，刘备闻之大惊失箸。恰在此时，风和日丽的天气突然雷雨大作，刘备以胆小、怕雷掩饰而使曹操释疑。晏识：很迟认识。晏，迟，晚。

〔八〕倾怀：尽情吐露情怀。宋苏辙《次韵景仁招宋温之职方小饮》："高人两无事，相见辄倾怀。"

附录一

《萧云从诗文辑注》校读札记

萧云从是明清之际杰出的画家，也是卓有成就的诗人。其诗歌创作（除了已亡佚的《梅花堂遗稿》）最早由黄钺编入《壹斋集》，题名《萧汤二老遗诗合编》，其中收录萧云从七言律诗三十首。是书于道光年间刊刻，今人陈育德、凤文学整理校点的《壹斋集》列入"安徽古籍丛书"由黄山书社于1999年1月出版。

此后，沙鸥先生辛勤搜集萧云从散见于其书画作品上的题跋题诗及其友人文集、其他古籍（如黄钺《壹斋集》）中所载遗作，历时数年，编成《萧云从诗文辑注》一部（下文简称《辑注》），被列入"安徽古籍丛书"，由黄山书社于2010年4月出版。

沙鸥的《辑注》主要致力于"辑"而非"注"，其"注"如其在"前言"中所说，地名属清太平府所辖三县（当涂县、繁昌县、芜湖县）者注，人物择与萧云从交往者注，其他地名、人物不注，常见典故不注。①因此沙鸥所注主要是所有作品的出处，若干地理、史实的考订及少量的文字考订与注疏。

在研读《辑注》过程中，一方面深感沙鸥搜集整理之艰辛不易，例如他说"辑注者只能借助二十倍放大镜在尺寸微小画作照片上进行辑录，湮灭不清的字迹只能依靠书法经验及规律来分析研究"②，另一方面《辑注》也因为主要不是从真迹上进行文字辑录而留下一些遗憾，再加上植字、排版、笺注等几个方面难免存在失误，因此这本《辑注》的错讹，相对来说比较多。

---

① 沙鸥：《萧云从诗文辑注》，黄山书社2010年版，第12页。
② 沙鸥：《萧云从诗文辑注》，黄山书社2010年版，第11页。

本人近年因为笺注萧云从诗歌的缘故，把《辑注》的诗歌部分认真梳理了几遍，古文部分在浏览的时候也把明显的错讹做了一些记录，为避免以讹传讹，现不揣浅陋，作校读札记，胪列如次。

一、植字有误

在录排过程中打字或植字有误是造成错误的主要原因。

1.正文第2页（以下页码未另外加注者皆指正文）《题秋窗松风图》：

> 秋窗静坐菊花开，细雨重阳酌酒回。
> 此日松风游路冷，凌歊台上慨烟霏。

《辑注》将第2句中"重阳"误录为"重阻"，据此诗题跋"九月未赴登山之约"及近体诗平仄规律可知应为"重阳"。

2.第11页《移居诗·其六》颈联"龙"误为"能"（在《萧云从评传》第42页，则为"龙战"）。错误原因是繁体字的"龙（龍）"与"能"字形相近。诗如下：

> 随意寒潭落钓钩，青蛉作伴立竿头。
> 浮云天际归何处，独树溪边影不流。
> 蹈海鲁连龙战日，还家典属雁声秋。
> 身经迁播皆萍梗，一有吾庐更有愁。

颈联中，鲁连即鲁仲连，齐国的高士。其一生不做官，好为人排难解纷。事见《史记·鲁仲连邹阳列传》。"龙战"本谓阴阳二气交战。《易·坤》："上六，龙战于野，其血玄黄。"后遂以喻群雄争夺天下。唐胡曾《题周瑜将军庙》诗："共说前生国步难，山川龙战血漫漫。""典属"指苏武出使匈奴，留在匈奴十九年，不投降（匈奴），回国被封为典属国（相当于外交官）。

3.第20页《金柱平高》：

> 极目流虹远，平高夕照收。
> 莼鲈曾寄志，白练映光浮。

此诗错误共三处，"收"误为"牧"，"鲈"误为"芦"，"浮"误为"俘"。显然是文字差错。

4. 第 32 页《题孤山寻处士图》注 1 中"持纸遇"当为"持纸过"。"过"是"拜访"的意思。

5. 第 45 页《题四季山水册页图·其九》：

> 处士陶彭泽，停云酒益清。
> 篮舆谁与舁，诸子及门生。

第 3 句《辑注》作"篮舆准与舁"，误，今改。篮舆：古代供人乘坐的交通工具，形制不一，一般以人力抬着行走，类似后世的轿子。《宋书·隐逸传·陶潜》："潜有脚疾，使一门生二儿举篮舆。"舁的意思是"抬，举起"。

6. 第 105 页"考之史华"当为"考之史乘"。据《汉语大词典》解释：《孟子·离娄下》："晋之《乘》，楚之《梼杌》，鲁之《春秋》，一也。"《乘》《梼杌》《春秋》本为三国之史籍名，后因泛称史书为"史乘"。清赵翼《题竹初自述文》诗："将垂史乘芳，更炳金石光。"

7. 第 134 页《归寓一元图》注释第 4 行中"寓郎归也，归郎寓也"，"郎"当为"即"。

8. 第 199 页《太平山水诗画·图画小序》第 7 行，"实愧未能"误为"宝愧未能"。原因是"实"与"宝"的繁体字分别是"實"与"寶"，因字形相近造成讹误。

二、断句错误

古文没有标点，所以句读也是需要专门训练的功夫。在《辑注》中，有的句读错误，无伤大雅。如《移居诗》"小序"的断句与陈育德、凤文学整理校点的《壹斋集》虽然有几处不同，但是不至于影响理解。有的则明显不通，有加以改正的必要。兹举一例。

第 198—199 页《太平山水诗画·图画小序》第 4 行：

> 必体便登陟，有济胜之具如许椽，然后可必；伐山开道，有选境之赀如

康乐，然后可必；情闲遇适，有宴豫之时之地如阮光禄、孔车骑，然后可非。此不足以穷态极妍……

正确的点断应当为：

必体便登陟，有济胜之具如许椽，然后可；必伐山开道，有选境之赏如康乐，然后可；必情闲遇适，有宴豫之时之地如阮光禄、孔车骑，然后可。非此不足以穷态极妍……

三、字句遗漏

《辑注》还存在多处字句缺漏现象。如第33页《题秋山无尽图》因为字句缺漏和断句错误，无法正常阅读。但是笔者无缘得见萧云从真迹，所以对其考订无能为力。下面两处缺漏则是显而易见的。

1.《辑注》（目录）第12页，宋起凤《萧尺木画学》漏印"尺木"之"木"。萧云从字"尺木"。

2. 第214页，梅清《芜江萧子尺木》本是一首七律，见于《天延阁删后诗》，《辑注》漏了尾联"春来小阮曾相问，书到扁舟可一闻"，只有下面六句：

江上才名独有君，画师词客总难群。
西庄自足王摩诘，坐客何忧郑广文。
按卷近翻新律吕，开图长见旧烟云。

四、排版问题

在《辑注》中，只要是组诗，辑注者都标注"其一、其二……"分列排版，但是出现属于组诗的若干首绝句、律诗多处连排现象。把组诗的若干首连排在一起，易使读者误解为一首诗。

比如，第49页《题秋林野水明图》实际上是四首七绝，连排在一起，不妥。第58页《题赏菊图》实际上是三首七律，连排在一起，不妥。第60页《墨竹图》实际上是十二首五律，连排在一起，不妥。

由于误排，对萧云从诗歌数量的统计也就不准确了。沙鸥在"前言"中说，"共辑得诗歌一百八十余首"，实际上如果组诗每首算一首的话，《辑注》共收录萧云从诗歌二百一十首。

顺便指出，《题赏菊图（3首）》文字舛误问题比较严重，今据萧云从题诗原图校改。诗中括号内为《辑注》原来的文字。

一

冒雨频将野菊寻，先生三径绕芳林。

书摊白日浑无事，酒对黄花只此心。

晚节篱边游屐散，残秋松下闭门深。

繇来汐社存吾辈，相纳明朝更抱琴①。

二

虚坐何事托闲身，秋色迷离自可人。

饮酒独知陶令乐，买花不（衣）计阮家贫。

高寒得并枝盈丈，久雨偏留香隔旬。

日落苦唫金谷里（日落昔唫金若裹），南山相照半帘春。

三

自讶（诗）弥旬（句）苦雨行，空山何复见新晴。

篱（蓠）花不减岩霜色，松叶犹闻旧日声。

泽国双鳌惊岁歉，湘天一雁趁风轻。

年来白发欢游少，共酌残阳惜落英。

为方便读者理解这几首诗，现将诗中涉及的主要典故及词语笺注如下：

三径：晋赵岐《三辅决录·逃名》："蒋诩归乡里，荆棘塞门，舍中有三径，不出，唯求仲、羊仲从之游。"后因以"三径"指归隐者的家园。晋陶渊明《归去来兮辞》："三径就荒，松菊犹存。"

汐社：宋遗民谢翱创立的文社名。宋方凤《谢君翱行状》："（谢翱）后避地浙水东，留永嘉、括苍四年，往来鄞越。复五年，大率不务为一世人所好，而独

① 《翰墨丹青——中国明清书画品鉴》（山东美术出版社 2013 年版）把"相纳"改作"相约"，误。"纳"有"结交"义，"相纳"即相互结交为友。

求故老与同志，以证其所得。会友之所名汐社，期晚而信，盖取诸潮汐。"

阮家贫：指阮籍家庭贫困。《世说新语·任诞》："阮仲容、步兵（指阮籍——引者注）居道南，诸阮居道北；北阮皆富，南阮贫。七月七日，北阮盛晒衣，皆纱罗锦绮；仲容以竿挂大布犊鼻裈于中庭。人或怪之，答曰：'未能免俗，聊复尔耳！'"

金谷：本指晋富豪石崇所建之金谷园，后泛指仕宦文人游宴饯别场所。

湘天：犹言水天。秦观《阮郎归》："湘天风雨破寒初，深沉庭院虚。"

五、笺注及其他问题

《辑注》对萧云从诗歌中的典故及古汉语词汇有少量的解说，其中个别解说不够准确，有商榷之必要。

第21页《勋卿曹公梅》：

> 当年种植是名人，历尽天功化育真。
> 瘦骨含香非艳色，冰肌独秀绝烽尘。

《辑注》对标题是这样解说的："曹公，梅子别称。宋沈括《梦溪笔谈》卷二三《讥谑》曰：'吴人多谓梅子为曹公，以其尝望梅止渴也。'"

此说有误。理由如下：其一，如果"曹公"借指梅，则标题中还有一"梅"字，有重复之嫌。其二，据《辑注》，此诗辑自《归寓一元图》。《归寓一元图》系组画，据首图僧净儒题跋，知所绘为姑溪、宛陵（宣城）名胜，"寓即归也，归即寓也，合名《归寓一元图》。"题诗共四十余首，均咏姑孰、宛陵名胜或与之有关的历史人物，如李白、谢朓等，而曹操赤壁大败，势力未及江南，不属于与姑孰、宛陵有关的历史人物。其三，"曹公"如果借指梅，那么"勋卿"又指什么呢？实际上，"勋卿曹公"是个整体，指的是曹履吉。据乾隆《当涂县志·人物》："曹履吉，字根遂，号元甫，当涂人。明万历丙辰进士，授户部主事，升金事督河南，擢光禄少卿。"所谓"勋卿"，在此是对光禄少卿的尊称。其四，曹履吉不仅是尽忠职守的官员，而且是关心家乡文教事业的有高深修养的文士，是萧云从景仰的乡里先贤。因此，萧云从在其故居凭吊之（曹履吉1642年去世）是再自然不过的事。

这里补充几个有关曹履吉的史实，以证明曹履吉属于萧云从景仰的乡贤。《明史·卷九十二·志第六十八》："万历末，经略熊廷弼请造双轮战车，每车火炮二，翼以十卒，皆持火枪。天启中，直隶巡按御史易应昌进户部主事曹履吉所制钢轮车、小冲车等式，以御敌，皆罕得其用。大约边地险阻，不利车战。而舟楫之用，则东南所宜。"《明画录》："曹履吉，字提遂，一作根遂，当涂人。万历丙辰进士，官光禄少卿。诗字有唐晋风格，山水师云林，笔致简洁，堪推逸品。"清康熙太平州守杨霖《采石三台阁记》："光禄公（曹履吉）又自捐三千金，建阁山巅，层累而上。"①

第196页附录邢昉诗《寇定后送戴敬甫萧尺木还乡省视》，沙鸥在注释中说："视，清同治本作'亲'。"把"省亲（親）"改为"省视（視）"是不妥的。因为省视是"察看、探望"的意思，可用对象广。如《左传·僖公二十四年》："郑伯与孔将鉏、石甲父、侯宣多省视官具于氾，而后听其私政，礼也。"而省亲特指探望父母或其他尊亲。萧云从是"还乡"探望亲人，当用"省亲"。《新唐书·卓行传·阳城》："凡学者，所以学为忠与孝也。诸生有久不省亲者乎？"

除了笺注问题，还有作品归属存在争议的问题。如《题明月归舟图》诗：

> 明月未离海，幽人先倚楼。
> 清临中江水，高占一天秋。
> 太白偏能赋，元规亦共游。
> 何人吹夜笛，江面有归舟。

据《辑注》，此诗后题"甲寅八月，云从。"故知诗作于1614年，时萧云从19岁。此图是现在已知萧云从最早的作品，但是有人认为画上题诗并非萧云从自作，而是元人钱惟善《得月楼诗》，原诗最后一句是"柳下暂维舟"。

笔者查钱惟善《江月松风集》，未发现此诗。但是《历代佛教诗词歌谣》收录此诗，作者署钱惟善。《浙江通志》"得月楼"条目亦云："得月楼，正德《嘉善县志》'在魏塘镇福源宫后。宋道录唐隐梅建。钱惟善《得月楼诗》：'明月未

---

① 转引自沙鸥：《萧云从诗文辑注》，黄山书社2010年版，第30页。

离海，幽人先倚楼。清临半江水，高占一天秋。太白偏能赋，元规亦共游。何人夜吹笛，柳下暂维舟。'"《浙江通志》由浙江总督胡宗宪修、武进薛应旂总理纂辑，创修于明嘉靖三十年，嘉靖四十年成书，同年刊行。据此，《题明月归舟图》不是萧云从作品是可以确定的。

据《清閟阁全集卷十二·听雨楼诸贤记》载："钱惟善，字思复，松江人。元末进士。诗得杜子美法，不苟作，作必致其妙。"其人志趣与诗风与萧云从相近，如这首《夜坐志喜》："母在高堂儿在旁，灯前补缀旧衣裳。移居独喜亲年健，得句空歌子夜长。千里鸿飞半江月，四邻谁和满天霜。翛然床榻如僧舍，纸帐梅花入梦香。"①因此，萧云从在自己作品上题其诗是非常有可能的——毕竟十九岁的萧云从诗艺尚未臻佳境。

虽然《辑注》存在以上所列举之文字方面问题，但是属于白璧微瑕。指出问题也是为了抛砖引玉，目的是引起更多的萧云从研究专家、爱好者关注《辑注》，关注萧云从的诗文作品。本文不当之处，亦祈方家指正。

---

① 钱惟善：《江月松风集》，钦定四库全书，集部五，别集类四。

附录二

《归寓一元图》跋文题诗研究

　　在对明末清初著名画家萧云从绘画作品的研究中，人们关注和研究得比较多的是版画《离骚图》及《太平山水图》，而对其另外一部杰出作品——山水长卷《归寓一元图》则关注研究得不够，甚至还长期存在着一些以讹传讹的说法，需要加以厘清。

　　如果说，《离骚图》及《太平山水图》创作于明清易祚之初，反映了中年时期的萧云从的绘画艺术风貌，寄托着深沉的爱国忧思的话，那么，《归寓一元图》山水长卷及其跋文题诗，则集中反映了萧云从晚年的诗画创作旨趣，是研究其艺术风貌与生平及思想的重要资料。由于已有研究者从绘画艺术角度论及《归寓一元图》，故本文主要从跋文题诗入手，探讨萧云从创作这幅山水长卷的有关情况及其晚年思想。

一、《归寓一元图》需要厘清的几个问题

　　《归寓一元图》山水长卷，创作于清顺治十三年（1656），是年萧云从61岁。据首图萧云从录僧净儒题跋及萧云从尾跋"丙申春仲，就櫂宛陵。应郡侯之约，暇则寻幽探胜，而览敬亭诸峰"，知所绘为宛陵（宣城）和姑溪（当涂）名胜[①]。

　　此图高23.5厘米，长1412厘米。现为瑞士苏黎世伯格博物馆收藏[②]。关于此

---

　　① 沙鸥：《萧云从诗文辑注》，黄山书社2010年版，第133页。
　　② 沙鸥：《萧云从诗文辑注》，黄山书社2010年版，第28页。

图，有以下几个问题需要厘清，以避免一些以讹传讹的说法继续流传。

1.《归寓一元图》是谁命名的，有没有另外的名称？

《归寓一元图》虽然是萧云从山水画名作，但其实，它本为萧云从友人僧净儒先为自己的画作命的名。"寓即归也，归即寓也，合名《归寓一元图》。"①由此可见，《归寓一元图》原有萧云从友人僧净儒同题画，萧云从再据自己此次应邀游历作山水长卷并以之命名。

《归寓一元图》还有其他名称。日本铃木敬《中国绘画总合图录》称为《安徽全景图》。蒋谔士收藏其卷轴，亦称其为《安徽全景图》②。

2.《归寓一元图》画了多少处名胜景色？

僧净儒的《归寓一元图》画了多少处名胜景色已不可考，而对萧云从的《归寓一元图》，流行的一种说法是画了24处名胜景色。此说是错误的。错误源自王石城。王石城说："他（指萧云从——引者注）画了二十四景，每段景色都用篆字标题，隶体题诗。"③王的这种说法可能与民国时期神州国光社珂罗版印行《归寓一元图》时分为24页，共有24幅图有关④。

还有一种说法是《归寓一元图》共画47处名胜。此说亦不正确。《归寓一元图》题诗共47首但并非每首皆写名胜景色。按画面上题诗标题明确写了地名的名胜统计，为三十多处（详见下文诗题）。神州国光社印制的《归寓一元图》是每图一诗，共24首诗。此亦证明，神州国光社印制的并非萧云从这幅山水长卷的全部。

3.《归寓一元图》共有多少首题诗，是否都是写景诗？

一种说法是《归寓一元图》共有24首题诗。此说网上流传甚广。如马鞍山人民政府网："萧云从：画家，姑孰画派始祖。画《太平山水图》43幅……另有长达五丈的画《归寓一元图》，画上有马鞍山景观22处和自题诗24首。"⑤此说错

---

① 见《归寓一元图跋文》注释，沙鸥：《萧云从诗文辑注》，黄山书社2010年版，第133页。

② 何秋言：《萧云从山水画中的地方性实景风格研究——以〈太平山水图〉和〈归寓一元图〉》，中央美术学院2008年硕士论文。

③ 王石城：《萧云从》，上海人民美术出版社1979年版，第19页。

④ 沙鸥：《萧云从诗文辑注》，黄山书社2010年版，第28页。

⑤ http://www.mas.gov.cn/4697477.html

误仍是由于没有搞清楚神州国光社的《归寓一元图》乃选印所致。

其实《归寓一元图》系组画长卷，共有47首题诗。《萧云从诗文辑注》将之全部收录。题诗按画面顺序排列如下：

凌云寓庵、泥陂梅月、景山传雷、白纻松风、勋卿曹公梅、月上闇、圩村农畴、丹湖秋景、横山晚烟、灵虚四景、雪霁望夫、采江晓发、秋游金柱吊原任当涂令衡阳张先生、金柱平高、云锁天门、凌歊夕照、曹梁父招同诸子湛亭分韵、桓温故内、姑溪放棹、龙山吊古、吊太白（赋得自称臣是酒中仙）、白云寺、谢公故地、万顷湖、春丽百奇、东门渡、峡石归舟、敬亭山、翠云庵、明镜闇、府治、落虹桥、牢山洞、正肃公墓、山居、母寄棉线子有感、姑溪九日、三日无粮、故里、扫亲墓、分界山、十里赤溪、礼祖塔、白云楼、万竹园、自像赞、长松草堂。

47首题诗均为近体诗。按诗体分，五绝8首、七绝37首、七律2首。按题材分，大致可以分为山水田园诗、怀古悼亡诗、即事抒情诗这几类。总之，并非都是写景诗。

二、从跋文看萧云从创作《归寓一元图》的过程与心境

萧云从《归寓一元图》的跋文包括他抄录于首图的僧净儒原题跋及在完成此长卷创作后自作的题跋。僧净儒原题跋全文如下：

> 乙未秋七月二十日，余诞辰。五十初度也。烟霞飘衲，异地萧然。古人云：达士心无滞，他乡总是家。虽至理攸存，而自念学道无成，徒虚岁月，又何能无故地风烟之感耶！因暇日自作白云山长松竹堂图，俾得一展卷，而先人庐墓，桑梓风光，恍如目接，继以寓地姑孰名胜共成一卷。寓即归也，归即寓也，合名《归寓一元图卷》。宛陵白云山奉圣寺静儒识。区湖萧云从录。

从文中可知《归寓一元图》得名之缘由。僧净儒是宛陵（今安徽宣城）人，宛陵是其欲"归"之地，姑孰则是其现"寓"之地，由于对两地均有深切情感，

已经同一化地（"一元"）看待了，所以他说"寓即归也，归即寓也"①。僧净儒此感悟使萧云从产生共鸣，应是他采用《归寓一元图》为自己画作题名的原因。李白云："夫天地者，万物之逆旅也；光阴者，百代之过客也。而浮生若梦，为欢几何？"②整个天地，都只是人暂时寄生的"寓"所，所以"归寓"一元，并无区别。

萧云从的自作题跋全文如下：

> 丙申春仲，就櫂宛陵。应郡侯之约，暇则寻幽探胜，而览敬亭诸峰。与二三人放情诗酒，快登白云巅。步奉圣禅房，晤僧净儒，接谈倾盖，大有远公妙谛遗风。终及书画津津，后呼侍者捧所自作归寓一元图，索余品题。展卷击节，颇称遒劲。熟视气蒸冉冉处，真令人引神于慧心之域。曾赠之以"静习平心法，寒烟冷雪诗"之佛句。继归鸠江，坐小斋，神仪僧卷，恍在目前，仿佛运笔，遂成一辙。仍将僧所题原卷之诗，删定列载。敢云生平攻苦，获为并博于世耶；亦曰③聊为效颦，或可异日逢僧相悟，同心鼓掌，若合一契也云尔。区湖云从并题。

此文明确交代了《归寓一元图》的创作缘由是"神仪僧卷，恍在目前，仿佛运笔，遂成一辙"。创作过程是在到宛陵"寻幽探胜，而览敬亭诸峰""晤僧净儒，接谈倾盖"并为其画"品题"之后。创作地点则是在芜湖"鸠江"萧云从自己的寓所。

从"放情诗酒""接谈倾盖""同心鼓掌"等词句看，萧云从创作此长卷组画的心境是轻松愉快的。因为，所谓"倾盖"，指初次相逢或订交。唐储光羲《贻袁三拾遗谪作》诗："倾盖洛之滨，依然心事亲。"可见他与净儒虽系初交，但是谈得来。所谓"鼓掌"，是表示赞成或高兴。《明史·于孔兼传》："自陛下有近日之举，而善类寒心，邪臣鼓掌。"萧云从用"鼓掌"一词，是表示他与净儒心灵是相通的，即"同心"。

---

①王石城《萧云从》和沙鸥《萧云从诗文辑注》均把"即"误为"郎"。

②李白《春夜宴桃李园序》。

③"亦曰"呼应前文的"敢云"，《萧云从诗文辑注》作"亦日"，不通，今改。

三、《归寓一元图》题诗的作者归属权

迄今为止，还没有人对萧云从的《归寓一元图》上题诗的作者归属权提出过疑问，但是研读其两则跋文，作者归属权的疑问还是存在的。

一是萧云从本人说题诗作者是僧净儒。"仍将僧所题原卷之诗，删定列载。"也就是说，原卷上的诗是僧净儒"所题（写）"，萧云从只是做了"删定"的工作并且把这些诗转录在自己的《归寓一元图》上。如果这句话是"仍将为僧所题原卷之诗，删定列载"，则毫无疑问，题诗都是萧云从所作。

二是萧云从说，僧净儒"后呼侍者捧所自作归寓一元图，索余品题"。说明"原卷"上的诗也可能是萧云从应邀"品题"而写的，这似乎证明萧云从是题诗的作者，但是这有几个问题。

首先，"品题"不等于题写诗。据《汉语大词典》，"品题"有以下含义：

1. 品评的话题、内容。《后汉书·许劭传》："劭与靖俱有高名，好共覈论乡党人物，每月辄更其品题，故汝南俗有'月旦评'焉。"

2. 谓评论人物，定其高下。唐李白《与韩荆州书》："今天下以君侯为文章之司命，人物之权衡，一经品题，便作佳士。"

3. 观赏，玩赏。唐畅当《蒲中道中》诗之二："古刹栖柿林，绿阴覆苍瓦。岁晏来品题，拾叶总堪写。"

4. 对诗文书画等的评论。亦指诗文书画上的题跋或评语。明胡应麟《少室山房笔丛·经籍会通一》："傥更因当时所有，创及亡篇，咸着品题，稍存故实，则庶几尽善矣。"

从以上所列四种含义看，均没有明确包含"题诗"的意思。萧云从说僧净儒"索余品题"，最大的可能是邀请其"观赏，玩赏"，也就是《汉语大词典》"品题"的第三个义项。当然，为他人书画写题跋或评语也可以用诗的形式写，但是《归寓一元图》47首题诗，并无品评类诗。

其次，从《归寓一元图》一些题诗的内容本身看，与萧云从生平似不太吻合。如第36首《母寄棉线子有感》写到母亲"寄棉线子"，萧云从创作此画时61岁，母亲在世的可能性很小；而僧净儒的《归寓一元图》是其50岁时作（"乙

未秋七月二十日，余诞辰。五十初度也"），母亲健在的可能性大。另外，僧净儒说"因暇日自作白云山长松竹堂图，俾得一展卷，而先人庐墓，桑梓风光，恍如目接"。其中提到"先人庐墓"和"桑梓（家乡）"，这与题诗中的《扫亲墓》《故里》吻合，但是萧云从是芜湖人，姑孰也好，宛陵也好，均非其"故里"。因此，这三首诗的作者当是僧净儒。

三是黄钺的《壹斋集》专门收录萧云从的七律诗，但是没有收入《归寓一元图》题诗中的《秋游金柱吊原任当涂令衡阳张先生》《曹梁父招同诸子湛亭分韵》这两首七律。这或是萧云从不是其作者的间接证据。

因此，初步结论：萧云从《归寓一元图》上的题诗，其作者很可能不是萧云从（或者可以说萧云从不是全部题诗的作者），萧云从只是对这些诗做过"删定"（修改）的工作。当然，在没有更多史料证明的情况下，目前还只能存疑。

四、《归寓一元图》题诗与萧云从晚年思想

《归寓一元图》题诗内容丰富，既有讴歌山水之美、田园之乐的作品，也有记述亲情友情或抒发怀古之幽情的作品。虽然《归寓一元图》题诗的作者归属权存疑，但是一则萧云从对这些诗做过"删定"的工作，二则他把这些"删定"后的诗书写于自己创作的画卷上，说明他赞同这些诗所流露的思想感情，因此，从《归寓一元图》题诗中仍然可以探究其晚年的思想。这里通过一些诗作，略谈一二。

一是自述诗中反映的人生观，由中年以前的积极入世、忧国忧民转变为晚年的洁身自好、遁世逍遥。如《自像赞》：

> 浪迹无名始自娱，非仙非佛亦非儒。
> 随时或钓鱼矶上，也学逃禅问智愚。

这首诗主要用东汉严光事。严光，字子陵，会稽余姚（今浙江余姚）人。少有高名，与汉光武帝刘秀同游学。建武元年（25），刘秀建立东汉，严光于是隐名换姓，隐居在桐庐富春江畔，每日垂钓，后此地为桐庐严子陵钓台。"非仙非佛亦非儒"可以视作诗人的人生宣言，诗人既不想做积极入世的"儒者"为统治

者服务，也非常清楚自己不是不食人间烟火的"仙佛"，而像严光那样，做个无视权贵、自由自在的隐士是人生最大的快乐。

二是山水田园诗描绘的太平景象反映了诗人对清廷态度的变化，由中年时期仇视清初异族统治者转变为晚年比较能够客观看待。如《圩村农畴》：

> 墅树莺啼农正忙，男耕女织遍村乡。
> 烟柳新抽桃挟景，池塘风动荇荷香。

此诗写江南水乡宜人的景色以及男耕女织繁忙的景象，寄托着诗人对人民能够得到休养生息的美好愿望，也客观表现了清朝统治者对汉族统治政策由高压调整为安抚所带来的积极变化。从萧云从有关生平资料、诗文作品看，他对为清廷服务的汉族官员，并非一概视为"汉奸"并拒绝交往，凡是具有良好品格与文化修养的官员，能够"为官一任造福一方"、为老百姓做好事的贤臣，他也愿意交往并给予尊重。

三是怀古诗中通过品评历史人物所反映的人生价值取向与达观态度，其中蕴含了深刻的人生哲理。如《桓温故内》：

> 扼腕功名堪遗笑，声传李谢道风幽。
> 兴城治国开江左，古迹仙坛志永收。

此诗将桓温与李白、谢安对比，表达了建功立业的英雄人物亦当知进退之道的意思，否则过于追求功名，只会物极必反，贻笑千年。诗中的"功名"指桓温不择手段地谋求权位事。桓温是晋明帝的驸马，因溯江而上灭亡成汉政权而声名大振，又三次出兵北伐，战功累累。后独揽朝政十余年，操纵废立，有意夺取帝位，终因第三次北伐失败而令声望受损，受制于朝中王谢势力。桓温晚年逼迫朝廷加其九锡，但因谢安等人借故拖延，直至去世也未能实现。与对桓温的态度相反，诗中用"道风"赞美李白、谢安。所谓"道风"，即超凡脱俗的风貌[1]。李白"一生好入名山游"，何等潇洒自在；谢安初次做官，月余便辞官隐居，游山玩水兼教育后代，四十多岁东山再起，成功挫败了桓温的篡权阴谋，声名远扬。一个人本事再大，缺少"道风"，最终难免功名化为泡影、贻笑大方的下场。

---

① 南朝梁慧皎《高僧传·义解三·慧持》："远,持兄弟也。绰绰焉,信有道风矣。"

四是一些记述交游、抒发感悟的诗作，依然流露出诗人晚年"老骥伏枥、志在千里"的情绪。如《三日无粮》：

> 尼父居陈日，金仙雪岭时。
> 三朝令我验，七夕在儒驰。

诗人应友人之邀游览宛陵，归来绘《归寓一元图》时并无断粮之虞，故此诗所写或为诗人与僧净儒谈佛论道时之感悟。诗中前两句分别用了与孔子和佛祖有关的典故。孔子周游列国，曾厄于陈蔡，七天没有粮食吃①。金仙是对佛祖的称呼，雪岭则是印度北境的雪山。释迦牟尼曾于雪山苦行，修菩萨道。

唐司空图曾作《与伏牛长老偈》诗："不算菩提与阐提，惟应执着便生迷。无端指个清凉地，冻杀胡僧雪岭西。"对执着于一定的坐禅修道方式的僧徒有讽刺意味。此诗则反其意，以孔子周游列国不畏艰难布道与释迦牟尼雪岭刻苦修行的精神自励。因此，这首诗表明，即使是在晚年，即使不屑于"出将入相"了，诗人也仍然保持着积极的心态。萧云从许多杰出的绘画作品正是出于晚年，与此积极的心态不无关系。

从《归寓一元图》题诗可以看出，晚年的萧云从从来没有悲观厌世，其"遁世"也不是消极遁世，而是积极遁世，他"遁世"是为了躲避俗世蝇营狗苟、面目可憎的人，拥有更多可自由支配的时间去做有意义的事。

---

① 《孔子家语·在厄》："孔子厄於陈、蔡，从者七日不食。子贡以所赍货，窃犯围而出，告籴於野人，得米一石焉。"

跋

　　明末清初，芜湖出了一位了不起的大画家，他叫萧云从。虽然已经名垂画史，但是，即便在他的家乡芜湖，知道他的人也不多。我想这可能与被后继兴起的新安画派的盛名所掩有关。人们记住了新安诸家，而萧云从以及他开创姑孰画派乃至对皖南诸画派的开启孕育之功，则鲜为人知矣！

　　萧云从虽以画传，殊不知他的诗也写得很好。这种因一方面的极其出众而掩盖其他方面才华的现象不足为奇。清黄钺在《壹斋集》中也说明了"尺木诗因画不传"。因此，知道萧云从擅写诗的人就更少了。

　　"诗言志"，有什么样的人生就有什么样的诗品，萧云从是一位胸怀民族气节、忧国忧民的现实主义爱国诗人。他的诗立意高远、深入生活，或关注国家命运，感怀时事；或关爱人民疾苦，与人民呼吸与共。他的题画诗，又多简淡萧散，意境优雅动人，这与他的人格画格又极为相近，真正做到诗境、画境、心境的三境交融。

　　萧云从的诗可以说是秉承和融合了唐宋诸家之传统，尤其是对杜甫诗作过深入研究，尝作《杜律细》。他又很好地吸收了杜诗紧贴现实的特点，同时又基于他在书法、绘画、易学、音乐、韵律、文字、考据学等诸多方面的渊博学问，故而他的诗语境优雅，词句凝炼，想象丰富。诗体格律无不精妙，达到了非常高的艺术水准。

对于这样一位诗画兼擅的乡贤大儒，诗名不传甚为可惜，《四库全书总目提要》记萧氏有诗文集《梅花堂遗稿》，惜早已失传。后有清黄钺《壹斋集》所辑《萧汤二老遗诗合编》仅收云从律诗三十首。今人沙鸥先生广收萧诗一百八十余首加以辑注，是为一功。此外尚未见他集，甚感不足。

芜湖萧云从画学研究会自2016年筹备成立之初，唐俊先生便开始编撰《萧云从诗歌笺注》。一晃两年过去了，如今书稿即将付梓。这或是芜湖第一本有关萧云从的学术专著。萧诗用典极多，语义深奥难懂，这可能也是影响萧诗流传的原由之一。《笺注》广辑萧诗二百余首，从题解和注释两个方面展开，很好地解决了萧诗的阅读障碍。因此，此书的出版将对萧诗乃至对萧云从的文化传播起到积极推动作用，同时也为萧云从的诗歌研究提供了更为权威的文献资料。众所周知，文化资源对于一个城市发展的重要性，唐俊先生默默地耕耘着，用行动体现着一位当代文人的文化抱负与家乡情怀。我对他的初心和才华深感敬佩。

我与唐俊先生一样，都是芜湖古城人。从萧云从曾经居住过的芜湖古城，自古而今，其文脉静静地流淌下来，影响着一代又一代文人。我们为我们这个古老的城市孕育了萧云从而感到骄傲，我们作为后人为能为萧云从以及这个城市的文化做点什么感到欣慰，我想这一定也是唐俊先生以及更多的芜湖文化人的初心吧！最后期待《笺注》早日与大家见面！

上述文字，权且作跋。

尚亭勇

2018年5月7日于听帆楼

（作者系芜湖萧云从画学研究会会长）